YOU AND I ARE
POLAR
TES

正反対な君と僕

SEIHANTAINA KIMITOBOKU

サニー&レイニー

阿賀沢紅茶
西馬舜人

JUMP j BOOKS

登場人物紹介

てんぷら

谷《たに》の飼い猫

谷《たに》

自分の意見をはっきり言える
物静かな男の子。
鈴木《すずき》の言動に振り回されて
しまう事もあるけれど、
それも含めて彼女との関係を
楽しんでいる。

鈴木《すずき》

元気いっぱいだけど周りの目が
気になってしまう女の子。
自分とは反対に誰に対しても
ブレない谷《たに》に憧れていた。
大好きな谷《たに》に思い切って告白
して、晴れて恋人同士に！

佐藤《さとう》

鈴木《すずき》の友人。クールで
鈴木《すずき》と渡辺《わたなべ》へのツッコミ役。

渡辺《わたなべ》

鈴木《すずき》の友人。ノリが軽く、
いつも明るい。

平《たいら》

鈴木《すずき》と谷《たに》のクラスメイト。
高校デビューなので
今ひとつ自分に自信が
持てない。

山田《やまだ》

鈴木《すずき》と谷《たに》のクラスメイト。
お調子者で谷《たに》との仲を
グイグイ詰めていった。
西《にし》の事が好き。

東《あずま》

鈴木《すずき》の友人。これまで
まともな恋愛をした事がなく、
スレた言動が多い。

西《にし》

谷《たに》と同じ図書委員で
隣のクラスの女の子。
極度の人見知りだが、
山田《やまだ》の事を意識し始め…!?

本田《ほんだ》

西《にし》の友達。山田《やまだ》とも1年の時、
同じクラスで仲が良い。
2人の関係を楽しみつつも
見守っている。

もくじ

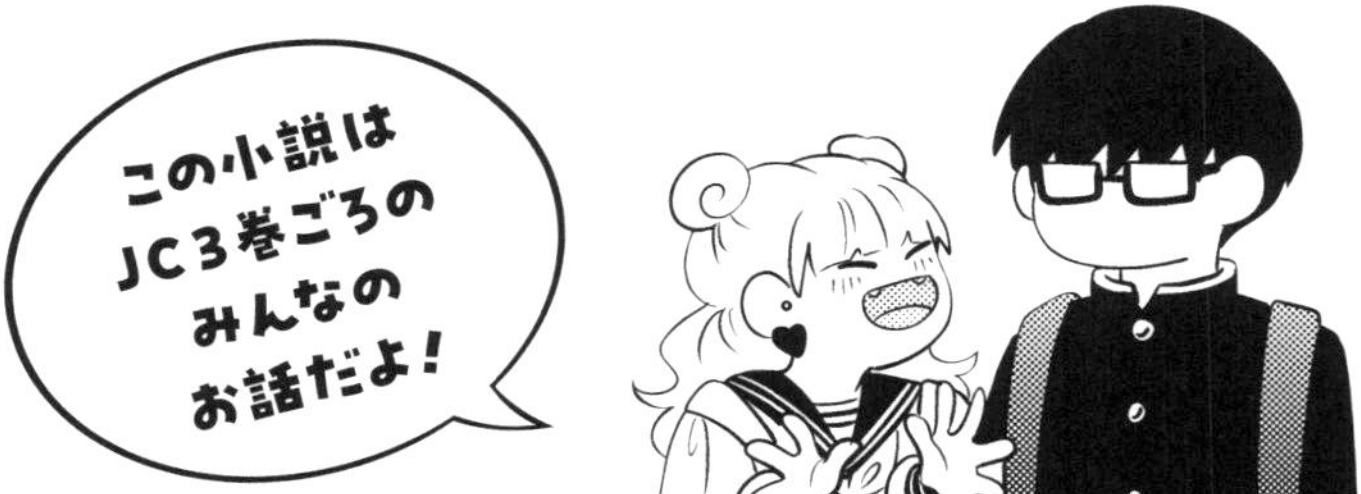
この小説は
JC3巻ごろの
みんなの
お話だよ！

序章

鈴木さん、登校する。

『小猫川《こねこがわ》・河川敷：十九時〇〇分　晴れ』


花火が夜空に打ち上がる音に合わせて、ぐっと緊張が高まった。

ひとつ、ふたつ、涼しげな破裂音が空を包む。川の向こうで空に花が咲いて、溶けるみたいに垂れ落ちて消えてなくなると、ほんの一瞬だけ緊張がほぐれた。

……だけど、それは本当に一瞬。

今度はこの河原《かわら》に私たち以外に誰もいないことを意識させられる。

ヤバい。自分の心臓《しんぞう》の音まで、はっきり聞こえてきた。

「た、谷《たに》くん！　こ、今年もさ、二人で来られてよかったね……花火！」

慌てて彼に呼びかける。三発目の黄色い花火をバックにして、眼鏡《めがね》の奥の切れ長の瞳《ひとみ》が私を優しく見下ろした。静かだけど聞き取りやすい声で、谷くんは淡々と答える。

「……うん。去年、鈴木さんに約束したから」

その声の距離感で、綺麗《きれい》な痩せた身体《からだ》が思ったよりそばにあることに気づいた。

去年と変わらない服だけど、去年より背が高くなり、私より頭ひとつ大きな谷くんが触れるほどの近くにいた。威圧感はない。放っている空気感は柔らかくて、なんだか温かい。

「あ、あのときはさ、スマホ落としてキャッチしてくれたよね。谷くん」

「うん。危なかったね」

「そうそう！　あのまま落としたら崖の下に真っ逆さまだったし！」

「うん。それと――」

谷くんが何か小さく呟《つぶや》く声は、「ばん！」と紫色の花火の音にかき消された。

私が「え？」と訊《き》き返すと、彼は私を見て静かに言った。

「……今日の髪型《かみがた》、あのときと同じだね」

――ああ、なんだ……。

今日の私はあの日と同じく頭のてっぺんにお団子を一つ作った髪型だ。そう言う谷くんも変わらないけど――。私はてっきり、あのときの続きの話をしているのかと思って、どきりとしてしまった。

声に出せないまま、私の肩《かた》に突然谷くんの手が優しく触れた。

このまま近づいてきてほしい。だけど、近づいてきてほしくない。

――だって！　まだ心の準備が！


『鈴木家：六時四十五分　晴れ』

朝六時四十五分のアラームの『イエティ体操』が、部屋に鳴り響いていた。

「夢オチか……」

思わず口から言葉が漏れた。心臓はまだ夢の続きみたいにばくばくとしていた。

でも瞼《まぶた》の裏から僅かに感じる日差しが、私を現実に引き戻す。

枕の横には、夜ふかしの原因が積んであった。実写版を観《み》たばかりの少女漫画だ。昨夜、夢とほぼ同じ展開を読んだばかりだった。実際はこのまま見開きで最高のシーンに入るはずなんだけど、私の夢はおしまいみたい。

——朝から凄《すご》い喪失感……。

でも、時間的には現実に帰らないとしょうがない。

口元のよだれを袖で拭き取り、目をぱちっと開ける。ちょうど『イエティ体操』の一番が終わった。二番も聞きたいけどアラームを切った。

起き上がってすぐ、上半身を伸ばして、髪を軽く手櫛《てぐし》で梳《す》く。

——うわー、これ絶対爆発してる。花火になってるのは私の髪のほうだ……。

続きがみられるなら二度寝したいなぁ、と思いながら、階段を下りる。

「おはよー」

お父さんとお母さん、それと一応、兄ちゃんにも挨拶した。兄ちゃん以外のふたりからは「んー、おはよー」「いつもよりは早いわね、今日は」とすぐに返ってくる。

椅子に座ると、右隣に座る兄ちゃんは瞼が半開きで、挨拶も聞こえてないみたいだ。理由は決まっている。どうせ朝帰りだ。

そんなことより朝食にしよう、朝食。

「わー、おいしそう！」

数分後、テーブルの上にはごまドレッシングのかかったサラダに、鮭《さけ》とおみそ汁とご飯が載った。お椀《わん》を手に取ると温かさに、ちょっと元気が湧いてくる。

「いただきまーす」

一口食べる前に、テレビのアナウンサーが地元の天気を教えてくれた。

『――の天気は、本日は一日中晴れる見込みです。降水確率は十パーセント。傘の必要はないでしょう』

「あ、じゃあ今日の体育できんじゃん！」

今日の三限目は体育だ。テニスが楽しみだった。ホームランになりがちだけど、今日は華麗に決めたい。テンション上げながら、ご飯を口に運ぶ。

ごちそうさまを言ったあと、すぐ洗面台へ向かった。歯を磨いてぬるま湯と洗顔フォームで顔を洗う。化粧水と乳液を顔中に延ばして、気になるニキビにクリームを塗った。今日はちょっとむくんでるかも。ネットで調べた小顔になる体操を少しやっておく。

相変わらずもふもふと爆発している寝ぐせも気になった。

「ここはお団子に巻き込んじゃえば目立たないか……?」

試しに髪をいろんな形に丸めていたら、背後に兄の気配を感じた。

「……お前。寝ぐせなんて直しても変わんねーぞ?」

兄は、相変わらずゾンビのように半分死んだ目のまま後ろに立っていた。

「え? それ、誉《ほ》め言葉?」と一応、明るく訊き返してみる。

「……はぁ?」

「いや、だから。どんな髪型でも可愛《かわい》いよ♡ってこと?」

「『焼け石に水』って意味に決まってんだろ。てか、邪魔」

どんっ、と力で押しのけられて、狭い洗面台を奪われる。痛くはなかった。

「クソ兄〜! むかつく!」

こっちも、肘《ひじ》で小突いて仕返しするけど、それこそ焼け石に水だ。力では兄には敵わず、びくともしない。もうしょうがない。あとは自分の部屋でやろう。

――この不満は、今日の体育で解消してやる!

部屋に戻り、小さな鏡を凝視しながらまつ毛をビューラーで持ち上げた。化粧下地。小さなニキビをクリームで隠していく。このあいだ見つけたマスカラを塗る。眉《まゆ》を描き、そして頬《ほお》にそっと淡い桜色のチークを塗った。

前髪に軽くアイロンをかけて、お団子を二つ作って空気を含むように整える。

どんなに急いでいても、場所がなくても、お洒落《しやれ》は極力手を抜きたくない。〈自分がイメージしている自分〉になるような、そんな快感を私にくれる時間だからだ。

仕上げに両方の耳たぶにハートマークを装着する。

ハート型は学校に行くときによく使うピアス。何種類もあるから、その日の気分で決めている。今日のカラーを直感で決めて、つけてみた。これが綺麗に飾れると、子供のころに見た変身ヒロインが変身完了するときのことを思い出す。

——今日一日を戦い抜ける感じ！

そして鏡のなかでいろんな角度で自分を見る。

オレンジ色のピアスが良い具合の光沢を放っていた。天気に合わせたのは正解かもしれない。

いまのテンションは、まだちょっと家でのんびりしたい気持ちと、早く学校に行きたい気持ちの、ちょうど中間あたりまで上がっている。昨日《きのう》のうちにちゃんと時間割通りの教科書とノートを詰め込んでおいたリュックを背負って、階段を下りていく。

「行ってきまーす！」

息を大きく吸い込んで、家を飛び出していく。

本当に天気予報の通り、快晴だった。土日に降った雨で、道路はまだ少し水たまりを作っているけど、真っ白な雲は青空の遥《はる》か遠くに見えた。

『通学路：八時十五分　晴れ』

通学路を軽い足取りで歩く。

時間的にはまだ少し余裕。ゆっくり歩いても間に合うはずだ。

でもランドセルを背負った小学生たちを目にする数が少なくなってくると、スマホで一応時間をチェックする。もう小学校の始業時間くらいなんだ。

やがて、うちの高校の生徒がたくさん目に入ってきた。校門はもう近い。みんなゆっくり歩いている。

すぐに校舎のガラス張りの面と、ほどほどの時間を指す大時計が少し見えてきた。

「よっ、鈴木」

ふと後ろからぽんっ、と私のリュックを叩《たた》いて現れたのは、ハイトーンカラーの巻き髪のクラスメイト・東《あずま》だった。

東は途中で買い物してきたのか、コンビニの袋を手にぶら下げていた。

「東、おはよ〜」と返す。

朝の東の瞼は普段より半目だ。でも化粧には、相変わらず手抜きの気配がない。東は化粧がうまい。彫《ほ》りの深い素材の良さを最大限に引き出す方法を、感覚で知り尽くしているみたいだった。海外のモデルさんのように見える瞬間もある。

東はきょとんとした顔で言った。「鈴木、今日はバイク送迎じゃないんだね」

「兄ちゃんに頼るのは、急いでるときとやる気出んときだけだから」

「毎日使っちゃえば楽じゃん？」

「いやー、でもあんまりあの兄に頼みたくないし」

東は以前、あの無神経でワルっぽい兄を「紹介してほしい」なんて言ったことがある。

ちょっと趣味を疑ったけど、東は良い友達だから、あんまり悪趣味な男にばっかり惹《ひ》かれるのは心配だ。だからいつもそれとなく悪い男は避けるように釘《くぎ》を刺す。

それから東と二人で兄の話をしながら、校門まで歩いた。

「！」

そんなとき、ふと私は、目の前にある女の子の姿を見て、東の背中に隠れる！

「どうしたの……？」と、東が不思議がる。

私たちのすぐそばを、見たことのある女の子が音楽を聴きながら歩いていたのだ。

「ほら、あの子！　めっちゃ可愛くない!?」

と、私は東の肩をトントン叩いて、指をさす。

名前は知らないけど、そこを歩いているのは八組の後ろのほうの席に座っている女の子だった。私は心のなかで〈八組の美少女〉と呼んでいる。いつも凛《りん》としていて、人形みたいな気品が漂っている。

見かけることはあっても、どんな性格の子なのか、私はあんまり知らない。わかっているのは、うちのクラスのお調子者の男子——山田《やまだ》と友達なことくらいかも。

「あ、ほんとだ。可愛いね」東が反応する。

「でしょ!?」

「あの子、知り合いなの？」

「うんにゃ。全然」私はかぶりを振る。「ほぼ話したこともない」

「なんだそりゃ」

そうは言うけど、私からすればしょうがない。あの子と平然と話せる山田が不思議なくらいだ。……あ、でもそういえば、あの子と知り合いなのは山田だけじゃない。

彼女と同じ八組の西《にし》さんもいる。彼女は、山田とイイ感じになっている図書委員の子だ。校則に合ったショートボブの黒髪と素朴な顔立ちで、小動物みたいな可愛らしさがある。

「もっと絡みたいんだけど、なんか気後れしちゃう〜」

「いや、芸能人じゃないんだから……」

東は呆《あき》れたように言った。


昇降口に一年から三年まで、色々な生徒が吸い寄せられていた。私たちもそのなかに紛れていって、やがて二年七組の靴箱に辿《たど》り着く。

今日もちゃんと間に合ったみたい。

靴箱の前で、渡辺《ナベ》と佐藤《サト》がちょうど靴を履き替えていた。

先に私のほうが気づいて「おはよー！」と挨拶する。

「あ。おはよー、鈴木、東ー」

ナベがこちらに気づいて、手をピンと伸ばして挨拶した。腰《こし》の少し上まで伸ばした亜麻色のストレートが揺れ、オン眉の下でぱっちり開いた目が元気そうに私を見た。

そして、ぽてっ、とナベの上履きが手から落ちる。

彼女は見下ろしもせずにその上履きにスッと履き替えていく。彼女のフットワークはいつも軽い。歩いているだけでも彼女の周りには重力がないみたいに感じるときがある。

「おはよう。珍しいね、みんな揃《そろ》うなんて」

サトの落ち着いた声が聞こえた。ナチュラルメイクの朗らかな笑顔がこちらに向いた。黒々として整ったまつ毛のおかげで、サトにはいつも程よい目力がある。だけど、それでいてサトの表情はどんなときも少し柔らかい。

私ら四人はよく一緒にいる。でもこの時間にばったり会うなんて。

「登校時間被《かぶ》るの珍しくない？」

私の言葉に「まあねー」とか小さくリアクションが返ってくる。

ガールズトークは四人分になってなおさら音量を上げ、教室の前へと進んでいった。

「あ。鈴木、オレンジも持ってたんだ？」と、ナベが気づいてくれる。

「んー。なんか気持ちよく晴れてたから。いいでしょ」

「今日の体育にはちょうどいいくらいの天気だよね」これはサト。

「うん。なんか今日はあの太陽にホームラン届く気がする！」

「鈴木じゃ無理でしょ」と、東が言う。

「辛辣」

「あれ!? なんだ、朝からお前ら揃って」

廊下で山田が、さらなる大音声《だいおんじょう》でガールズトークの声をかき消した。

教室近くの水道で手を洗っている真っ最中だったみたい。

おはよー、と一応挨拶を返したあと、東が目を丸くして言う。

「山田、手ぇ洗うことなんてあるんだ……」

「あるわ。俺を何だと思ってんだ」

「大丈夫? ズボンで拭いたりしない? ハンカチ持ってる?」

「それもあるわ。一応」

そう言って山田は、くしゃくしゃのハンカチで手を拭いた。

ツーブロックに刈り込み、金髪《きんぱつ》に染めてワックスで遊ばせた髪。切り揃えて整えた眉。かなりお洒落に拘《こだわ》っているけど、こうした小物の扱いは雑だ。

山田の口は閉じていることが少ない。山田はずっと笑っているか、ぼけーっとしている。何も考えずに、それでも楽しく生きているタイプだと思う。

言ってしまえば裏表のない良い奴《やつ》だし、山田のテンションを見ているとこちらも元気が湧いてくる。山田には、ムードメーカー、という言葉がぴたりとはまる。

「もうすぐ時間だから急いだほうがいいぞ」

山田にそう言われて、私たちは少し早歩きに教室に向かった。


『2年7組教室：八時二十六分　晴れ』


ホームルームまであと四分というベストタイミングで登校が完了した。

——なんだ、そこまで時間ないわけでもないじゃん。

教室に入ると友達がたくさん。目に入る、取り込み中じゃなさそうな子には順番に「おはよー」と挨拶していく。

やがて茶色い髪の、座高の高い男子が窓の外を見ていて、平《たいら》だとわかった。平は他のみんなと違って体操服を着ている。振り返って、私の挨拶に「うっす……」と返す目は軽く死んでいる。私は平の顔を覗《のぞ》き込む。

「なんか今日の平、大丈夫？　いつもより死んでない？」

「いつも生きてるわ」

「てか、なんでもう体操服なん？　……体育が待ちきれない？」

「違《ちげ》えよ。制服が濡《ぬ》れたんだよ」

水遊びでもしてたんだろうか。……まあいいや。平はたまに口が悪いけど良い奴で、最初は暗いトーンで返すことが多かったけど、このごろけっこうノリも良い。

「じゃ、平またあとでね」

手を振って、背中で平の「おう」を聞く。

あとはもう、私の足は少し速足《はやあし》になる。

だって、このまま進めば隣の席にはいつものあの人がいるからだ。


——谷悠介くん。

今朝《けさ》も夢に出てきた人だ。もともとは隣の席で私が一方的に絡んでいただけなんだけど、いろいろあって、いまは一方通行じゃない。

私の、彼氏だ。

……具体的にどんな人かっていうと、優しくてよく気が付いて、何より自分を持っている人。クラスでは地味な存在で、私とは違う真面目《まじめ》な委員長っぽいタイプだった。

谷くんはあまりお洒落に関心はなく、ナチュラルな恰好《かっこう》をして、いつものスクエア型の眼鏡をコンタクトやお洒落眼鏡に変えたりはしない。黒髪をほどほどに切り揃えて、ほどほどに痩せている。

谷くんの飾り気のなさは、隣にいてどこかほっとする居心地にも繋《つな》がっていた。

毎朝、彼のそんな雰囲気が、私の心に最大限の癒やしを補給してくれる。

……でも、いざ席に到着すると、今日左隣にいるのは何か違う男子だった。

ちょっと似てるけど、眼鏡をかけた、谷くんではない誰かがいる。

――あれ？　谷くんはどこに行ったんだろう。誰かが席借りてるのかな？

そう思ってもう一度よく見てみる。

――うん？　そもそもこんな男子、うちの学年にいたっけな？　違う人？　ん？　谷くん？　あれ？　ちゃんと、同一人物……か？

すると、じろじろ見てしまった相手の男子がこちらを焦ったように見る。

「……おはよう」

こちらを向いてそう言ったその声、そして眼鏡の向こうにあるまなざしは、間違いなく谷くんのものだった。

でも、いつもの谷くんじゃない。ぱっと見、そう見えないのだ。

いろんな混乱が消え、すべてを理解してから、私は思わず叫んだ。

「えーっ⁉　ど、どうしたの、谷くん⁉」

谷くんが、いつもと全然違う――⁉

第1章

A面：「七組の谷くん、なんか髪型変わってない？」

B面：「鈴木、今日の化粧良い感じじゃね？」

A面：「七組の谷《たに》くん、なんか髪型《かみがた》変わってない？」

『男子トイレ：八時十二分　晴れ』

この階の男子トイレには二枚の鏡がある。今朝《けさ》は二つとも埋まっていた。

鏡の前で髪を整えるクラスメイトの二人に言う。山田《やまだ》くんは整髪料《せいはつ》で丹念に髪を整え、平《たいら》くんは整えた髪の跳ね方を少しずつ気にしていた。

「ごめん。ちょっとだけどいて」

するとと平くんのほうが先に気づいて「あ、悪い」と、どいてくれた。

ただ、鏡のなかで平くんは、「ん？」と僕の後頭部をじろじろと眺めて言う。

「谷、どうしたその髪？」

平くんの目線の先では、僕の後ろ髪がくるんと曲がって、頭上に向けて跳ねていた。

「……寝ぐせ」僕は自分のその髪を手で押さえながら答えた。

しかし、押さえた手を離すと、また即座に髪がピンと立つ。今朝からの難敵だった。

「うわー、直んねえの？」

「今朝はひどくて……。軽く濡《ぬ》らしてみたんだけど……」

登校前のあらゆる努力を以《もっ》てしても、この寝ぐせは収まってはくれなかった。

すると隣で笑い声が聞こえた。山田くんが猫のような細目になって腹を抱えている。

「おもしれー！　その谷ウケる！」

「…………」

「……あ、悪い悪い。でも谷が抜けてる感じ出すと、面白いんだよなぁ」

謝っているが、山田くんは笑いを堪《こら》えきれていない。

「お前、いくら谷でも失礼だぞ」と平くんがじっとりとした目で、山田くんに言う。

「いくら谷でも……」僕は少し引っかかったものの、親しき仲にも礼儀ありの意味で、軽視じゃないと解釈することにした。

山田くんがようやく笑いを抑えた。

「うーん。でもさすがにその寝ぐせは目立つよなー」

「うん。授業までに何とかしたいんだけど……」

「あ！」山田くんが何か閃《ひらめ》いたようだ。「こうすれば直るんじゃね？」

じゃーっと凄《すご》い音が聞こえたのは、僕と平くんが「え」と声を重ねるのとほとんど同時だった。山田くんが水道の蛇口を全開にしていたのだ。掬《すく》った手に勢いよく水がぶつかり、飛び散る。

山田くんは、そこから掬いとった水を僕の後頭部にだばだばとかけた。

「!?」

僕がその想定外の行動と水温の冷たさに、声にならない声をあげる。

「あ！　お前何やってんだ!?」と平くんも慌てた。「俺にもかかったぞ!?」

振り返ると平くんには、さっき跳ね返った水が顔とお腹にかかっていた。僕や山田くんより深刻な被害を受けたようで、制服の前面が透明度を上げていた。

「ぷっ」

「おい谷」思わず笑ってしまった僕を、平くんが睨《にら》んだ。

すると水滴程度に制服を濡らした山田くんが笑顔で親指を立てた。

「まあいいだろ！　俺らも水かかったんだし！」

「よくねーよ、誰のせいだ」

二人はそれから「そもそも蛇口を全開にする意味あったのか?」とか、「確かに。悪い」とか言い合っていた。そんなやりとりを横目にしたあと、僕は鏡を見る。

「……直ってない」

また髪を手で押さえてみたものの、ただ濡れた髪がピンと立っているだけだった。今朝がた、寝ぐせ直しのスプレーを何度吹きつけてもダメだったのだから、当然かもしれない。それこそ髪を丹念に洗い直すくらいのことをして、ようやく直るのだと思う。

「ダメじゃねーか」と平くんが山田くんを見た。

すると、山田くんがこちらを見て「……」と何かをまた考えた。

「……なあ。谷って、普段、髪のセットとかはしねーの？」

「え？」

「いやさ、谷っていつも髪下ろしてそのままじゃん」

すると平くんもハンカチで顔や体を拭きながら、「まあ、谷がワックスとかつけてるのは見たことないよな。そういうの気にするタイプじゃなさそうだし」と言った。

「でも、これ上手《うま》くセットすれば誤魔化せるんじゃね？」と、山田くん。

「そうなの？」

「ほら、こんな感じ」山田くんは自分の金髪と、平くんの茶髪を順に指さす。それぞれ色味が目立つけど、確かに髪の毛はあちこちに向けて逆立ったり跳ねたりもしている。「こうすれば、わざとやってる風に見えんじゃん」

「確かに。誤魔化すのも手だよな」と、平くんが続けた。

僕は少し考えて、二人をもっとよく見てみた。

――これを自分がやるのか?

ただ、その不安と同時に、一瞬、土曜日に聞こえた言葉を思い出した。

――ねえ、いまの二人さ……。

彼女の隣で聞いたそんな声が頭のなかを通り過ぎていったあと、僕は答えた。

「……つけてみても、いいのかもしれない」

そう言ったとき、まっすぐ前を向けなかったけど、山田くんと平くんが一瞬顔を見合わせたのがわかった。ただ二人とも、すぐに僕のほうに向き直る。

「じゃあ俺のやつ貸すよ。山田のは強すぎるからな」と、平くんが快くワックスを差し出してくれた。なんだか、ワックスには強い弱いがあるらしい。

「ありがとう」

僕は少し遠慮しながら受け取って、中身を指で掬い取る。

――でも、これをどうすればいい……?

全然わからないまま固まった。とにかくこれを髪につければいいのだろうか。指についた白いクリームを、まずはそのままスッと頭頂部につけてみようとした。

「あーっ! 谷、そうじゃない!」と、平くんが慌てて止めてくれた。

それから手で延ばして使うことを、二人に説明されて、少し恥ずかしくなった。

——本当に、何もわからない……。

「よし、今回は俺たちが代わりにやってやる！」と、山田くん。

「……だな。時間もないし。このままだと何が起こるかわからん」と、平くん。

僕の口から「え、あ、ちょっと」と声が漏れてきたが、二人はすぐに慣れた手つきで僕の髪を持ち上げていった。

「谷の髪、けっこうさらさらだな」と山田くんが言う。「前髪は上げる？」

「あ、うん……」

「いつもお任せしてんのか？　美容師に」と平くんが訊《き》いた。

「まあ……そんな感じで」

二人の質問に曖昧な返事を繰り返しているうちに、鏡のなかの僕の髪は、みるみるうちに重力に逆らって、僕の寝ぐせはその一部に紛れていった。

『2年7組教室：八時二十六分　晴れ』

「えーっ!?　ど、どうしたの、谷くん!?」

……で、彼女に叫ばれた。

鈴木《すずき》さんは目を丸くしたまま僕を指さす。まるで事故現場を目撃したような表情だった。

その声で教室中の目が一斉に僕のほうに向いた。背中からの視線が重たくのしかかる。

「髪がツヤっっっツヤだし！　トップもほどよく盛り上がってるし！　前髪上げてキレー
に横に流してるし！　なんかスーパー谷って感じ！」

ああ、トップとか言われてもあんまりよくわからないけどいまの僕はそんな言葉で形容
される状態なんだ。あと、スーパー谷ってなんだろう……。

「変、かな？」

恐る恐る、訊いてみる。

しかし、親指を立てた、彼女のきらきらした無邪気な笑顔が向いた。

「ううん！　いつもと違う谷くんが見られて超良い！」

ネコ科動物のあくびのような屈託のないキラキラの笑顔と、笑ったときに浮き出る八重
歯が覗《のぞ》く。……根拠はないけど、そこには僕自身の抱く不安を救ってくれるような力があ
るような気がする。この表情を見るたびに、僕はそう感じる。

「………」

しかし、ふと視線を感じて後ろを見ると、東《あずま》さんだけ遠くからこちらを見てニタ～……

と笑っていた。

「！」


一瞬焦ってしまったが、なんとなく悔しいから「何？」という視線で見返す。

東さんの瞳《ひとみ》は、何か僕のいまの恥ずかしい心境を読んでいるような気さえした。

冷静さを取り戻した鈴木さんが、眉《まゆ》をくるりと曲げて質問を向けた。

「でも、谷くん。突然どうしたの？　その髪型」

「あ、それが実は――」「俺と平で、朝トイレでいじったんだよ」

僕が言いかけた途中で、山田くんの言葉が重なった。

そちらを見ると、「おう」と、そばで平くんが一言だけ添える。

「あー。こら、谷くんで遊ぶな」鈴木さんが言う。

「えー、べつに遊んでたわけじゃねーぞ？」

眉をくるりと曲げた山田くんに、平くんが「お前はほんとかよ」と目を細める。

「ほんとだって。面白かったけど」と山田くんが言った。

とにかく省かれた経緯まで、一度順を追って説明しようと思った。

「鈴木さん」

「山田くんと平くんは――」

だが言いかけたとき、ちょうどガラガラと音がして教室のドアが開いた。

タイミング悪く担任の先生が入って来たのだ。先生は、今朝もぼさぼさ髪で無精ひげを蓄えていた。いつもの眠たそうな細い目が教室を、一回り見渡す。

みんなが「あ、じゃあ、また！」とばたばた自分の席に戻っていった。山田くんも平くんも、何も気にしてないようにすぐに去ってしまう。

あちこちに固まりを作っていた生徒たちが、みんな席についた。

それとほとんど同時に、朝のチャイムが鳴った。

——ひとまず、しょうがないか。詳しい説明をするのは、あとにしよう。

すぐに日直の平くんの挨拶が聞こえた。

「きりーつ。気を付けー。礼」

先生に向けてお辞儀をして、顔を上げる。

すると教壇に立った先生は、僕のほうに気づいて、こちらをじっと見つめていた。

「…………」

「…………」

先生と目が合ったまま、お互いに何も言わないでいた。

——あれ？　そういえば、うちって整髪料に関する規定はどうなっていたんだっけ。

そんなことが、一瞬気になった。僕の場合、普通に過ごしていて引っかかることがまずないから、いままで髪型の規定は逆にあまり気にしたことがなかったのだ。比較的緩くて自由な校風だけど、規定の文面は一応あったような気もする。

「着席」

しかし、結局先生は一言も感情を口にしないまま、平くんの一言で視線をそらした。みんなに少し遅れて、僕も座る。

周りを見ると、みんな自由な髪型だ。今更だ。いやいや……と冷静になる。うちはそんなに厳しくない。大丈夫だった。

それからすぐ、何事もなかったようにホームルームが始まった。先生が「今日は六限に選択科目があるから、静かに移動するように」とか、簡単な連絡事項を話して、立ち去った。

一限まで少し時間があった。

右隣の彼女は、あれだけ大きな声で驚いていたのにすっかり切り替えて少女漫画のノベライズ本に意識を集中させているみたいだ。

彼女の左耳に、いつものようなハートマーク型のピアスが輝いたのが見えた。ライトアップされた夜桜のような色の髪が、オレンジのピアスのついた耳にかかっていて、それを鈴木さんはさりげなく手で除《の》けている。

――今日はオレンジなんだ。

そう思いつつ、彼女の髪やピアスを気に留めた。

周囲に何かを言われることはあったんじゃないか。好きな髪色やピアスを貫くのは簡単じゃない。それでも鈴木さんの場合はこだわりがあって選んでいるのだと思う。

――それに、彼女を一番引き立てる色は、たぶん、このピンクだ。

授業中はこの髪色でも目立たないほど真剣な表情で空間に溶け込んで、休み時間になるとみんなの中心で笑い、街を歩くと仄《ほの》かな視線を浴びながらすまし顔で僕の隣にいる。そんな彼女を最も彩っているのが、この髪と日替わりのピアスだと思った。

でも、僕はどうなんだろう。いままで自分を変えたことがない。変えようと思い立ったこともない。だから、周りから見て自分に一体何が似合っていて何をどうすれば似合う自分になるのかがまったくわからなかった。

いつも視界にあるはずの前髪がなくなるだけで、心なしか教室の空気も変わった気がする。後ろ髪をそっと触ると、べたついている感じがして今度は指先が気になった。一番前の席だけど、なんとなく今日だけは一番後ろでもいいかもしれない……。

それが何だか、ひたすらに落ち着かなかった。

「谷くん、髪違うね～」

ぬっと真横に渡辺《わたなべ》さんが現れ、感情が読みづらい奇妙な笑顔でそう言った。亜麻色の長い髪が揺らいだ形跡はなく、まるでずっとそこにいたかのような空気だった。

「わ、ナベ！　ワープしたん!?」と隣で鈴木さんが先に驚いている。

「おうよ！」

適当な返事をしながらピースサインを突き出す渡辺さんの後ろから、遅れて佐藤《さとう》さんが歩いて来て、僕を見た。

「ほんと、いつもとだいぶ印象違うよね」と佐藤さんが言う。「イメチェン？」

べつにどうとも思ってなさそうな感じの声色《こわいろ》で、世間話のようにそう振ってきた。

「あ、うん……。ちょっといろいろあって」

すると、横から鈴木さんが呆《あき》れたような顔で付け加えた。

「なんか、山田と平にやられたんだって」

「あー、なるほどね！」と、渡辺さんが言い、「それならまあ納得、か？」と佐藤さんが微妙に首を傾《かし》げる。

「いや、ちょっと髪を濡らされちゃって……」

「え、ひどっ！　まさか、このクラスでいじめが!?」

「……じゃなくて、最初に僕の寝ぐせを直すために、山田くんが寝ぐせに水をつけてくれてたんだけど。それで……」

それから詳しく説明した。

「それは、山田がバカだよ」佐藤さんが一言、真顔でそう言った。

「でも直ったんでしょ？　私も同じことしてたと思う」

「雑だなあ……」と鈴木さんが言った。渡辺さんの豪快さは時折山田くんにそっくりだ。

「あ、でも――」

僕が付け加えて言いかけたとき、今度は、鈴木さんのテンションが上がった一言が僕の言葉を上書きした。

「でもさー、おかげで今日の谷くん、ちょっとスダケンみある……」

「「はい？」」

渡辺さんと佐藤さんが同時にそう返す。

僕はあまり詳しくないけどスダケンというのは、若手の個性派俳優で、よく「ヤンチャ系」と称されるタイプらしい。僕自身も絶対似ていないと思う。

「いや！」鈴木さんは弁解するように、慌てて言う。「このトップの感じとかほぼそのものじゃん！　分け目の位置とかも、この角度で見ると微妙にスダケンっぽいし！」

渡辺さんと佐藤さんは顔を傾けて僕を再び凝視する。何も言えない僕。

「いや。ほんとに微妙にすぎてわからん……」と、佐藤さん。

「めっちゃ谷くんなんだけど」と、渡辺さん。

予鈴が鳴り、二人は「じゃあねー」と席に戻っていった。

「………」

彼女たちの会話のテンポに吞《の》まれて、僕には最後まで、口を挟む間がなかった。

僕はさっきのことを思い出す。

——つけてみても、いいのかもしれない。

山田くんと平くんにワックスの話をしていて、咄嗟《とっさ》にそう答えた僕がいた。

それはただ二人がイタズラ感覚で僕の髪型を変えたのではなくて、僕自身の意思が重なっていたことを意味していた。そこが誤解されたままなのは二人に悪い気がした。

山田くんと平くんに目をやる。山田くんは静かに何か本を机のなかにしまっていて、平くんは体操服のまま、窓側の壁にもたれてぼーっと教室の様子を見ていた。

……ひとまず、まあいいのか。いいことにしよう。

事情を話すと長くなるし、時間があって、一対一になったときに話そう、と思った。

『2年7組教室：八時四十五分（一限目）　晴れ』


一時間目の歴史の授業が始まった。

「はい、ここは次のテストに必ず出すからノートに取っときなさいよ」

教壇に後藤《ごとう》先生が立っていた。

後藤先生は、健康面が少し気がかりなふくよかな体型で、パーマのかかった白い髪とひげが特徴だった。みんなからは親しみを込めて「ゴマポン」と呼ばれているらしい。

そんななか、鈴木さんがさりげなく、僕に上半身を向けて静かに言った。

「……ねえ、谷くん、ごめん。さっき何か言いかけた？」

彼女は、居心地の悪そうな顔をしていた。彼女は気づいてくれていたらしい。

すぐに机と机のあいだの距離を縮めるように、僕らは上半身を引き合わせた。

そして、耳打ちするようにして事情を説明することにした。

「それが――」

だがそのとき、教壇の後藤先生がこちらに向けて言った。

「はい、そこ。授業中に話しなさんな」

思わず目が合う。後藤先生はこちらに気づいていて、様子を見ていたらしい。

「「……すみません」」

二人でそう言って頭を下げると、後藤先生はすぐに納得してくれた。

「黒板見えなかったら、机こっちに向けていいからね」

「あ、はい……」

見えたけど、一応、机を斜めに傾けた。

後藤先生はそれだけ言って、すぐに授業に戻る。

すると鈴木さんは黒板を向いたまま、こちらに向けて何か手刀のようなポーズをした。

たぶん、「ごめんね、またあとで」みたいな意味だろうと、すぐにわかった。

それから授業は後半に差し掛かり、だんだんみんなが疲れてきたころになると、後ろのほうの席からは、今度は小さく女子のおしゃべりの声も聞こえていた。

後藤先生のほうは自分が喋《しゃべ》る内容に集中してしまっていて、それに気づいていない。

隣で鈴木さんはかなり集中した顔で、熱心にノートを取っている。動じていない。

まったく聞こえてなさそうに見えた。

そういえば土曜日もそうだった。

僕らの隣を通りすがったカップルのことを思い出す――。

『回想・土曜日』


その日は、鈴木さんとデートがあった。

当日は山田くんから地元のショッピングモールでお笑いのライブにも誘われていたけど、先に鈴木さんと約束があったので断った。山田くんは、ガパチョという人（誰かはわからないけど……）を代わりに誘ったらしい。

だから僕は、遠慮をせずに鈴木さんとの一日を楽しむことにしていた。

僕らの町は田舎《いなか》の部類だ。でも電車でちょっと遠くへ行くだけで、一面の景色がビル群に早変わりする。いわゆる郊外の立地だった。

二人で待ち合わせて行った先は、特にファッションに関わるお店が多く立ち並ぶ街だ。そのぶん着ている服は僕らの街と比べてお洒落《しやれ》な人が多い。

「うわー、なんか、ここにいる人みんな凄いねー」

鈴木さんは、チェックのスカートに淡色のカーディガンという落ち着いた服装で、厚い靴底のスニーカーを履いていた。

「うん。お洒落な人が多いね」

彼女の服装もお洒落に見えたけど、確かにこの街ですれ違う人たちはさらに凄い。近隣の店には絶対に売っていないような、ファッションモデルのような服装の人が多くいる。

足元を見ると、みんな革靴かヒールで歩いていて、汚れひとつなく手入れされている。

今日は、この周辺をたくさん歩いて、欲しいものがあれば買うようなぶらり旅の予定だった。

「じゃあ行こっか！」

それから彼女は直感でいろいろな店に入っていき、僕は何もわからないなりに、そばではしゃぐ彼女に「好きそう」「似合ってる」とその時々の素直な感想を伝えた。鈴木さんも真剣な顔で、目の前の服を吟味する。

「うーん……。良いんだけど、でもさっきのと迷うな～」

「じゃあさっきのお店戻ってみる？」

「谷くんがいいなら……」

「うん。戻ろう」

アドバイスをくれた店員さんに頭を下げて、前の店に移動していく。

……でも、どの店でも予算とのバランスがうまく釣り合わないみたいだった。

そして結局、欲しいものは色々あったが、予算の都合もあって買えたのは一着だけだった。

「……いっぱい歩かしてごめんねー、谷くん」

「ううん。今日は楽しかった」

「え？　本当？　結局、何軒も無駄に回ってただけなのに」

「自分一人では行かないお店ばっかりだから、横にいるだけでも面白かった」

「……ありがと。私も今日、谷くんと一緒にいられて楽しかった……！」

その言葉とともにはしゃぐ彼女が、眩《まぶ》しかった。

僕にとって彼女とのデートは初めてではないけど、本当にただ何の意味もないまま一緒に歩いて終わるような一日も、それはそれで特別なものに感じはじめていた。

だからこれだけでも、その日は心地よく家に帰ることができたのかもしれない。


……でも、それから駅に向かっていたときだった。僕らより少し大人《おとな》びたカップルが真横を通り過ぎた。

すれ違いざまの二人の目線が僕らのほうにあることに、僕は気づく。

「ねえ、いまの二人さ……」

背中にそんな一言と、何か二人の笑い声が聞こえた。話している具体的な内容までは聞き取れなかった。ただ、気になって振り向いた瞬間、女性のほうと目が合った。向こうは慌てて目をそらす。こちらもすぐに視線を戻した。

――一体、何を言っていたんだろう、いまの二人は……。

「わ！　近所いま雨だって！　こっちはこんな晴れてるのに！」

そんな鈴木さんの無邪気な声で、僕は我に返る。

スマホで家族からの連絡を受けて、鈴木さんが困ったような顔をしていた。

僕らの住む町で雨が降りはじめたらしい。「どっかで傘を買わなきゃダメかなー」と話している彼女に、「うん。駅に戻ってから考えよう」と伝えた。

気づけば、帰り道は雨の話題に移っていった。


ただ、駅のコンビニで飲みものを買う彼女を待ちながら、少し考えた。

さっき僕たちはあのカップルに何を笑われたのだろう。僕だけならいいけど、「いまの二人」である以上、僕以外も笑われているということになる。じゃあどこを笑われたのだろう。僕と鈴木さんの二人を見て、何かがおかしいと思ったから笑ったのだろうか。

今朝家で鏡を見たら、寝ぐせができていた。トイレで山田くんと平くんが偶然話しかけてくれた。そのときまたあのカップルのことを思い出した。そして僕は新しい髪型になった。

二人にはそのつもりがないとしても、僕の背中を押してくれた形になったのだ。

――ちゃんと全部話しておこう。

僕は、そう思った。


『2年7組教室：九時四十分（休み時間）晴れ』


「実はこの髪、僕が二人に頼んだんだ」

二限の準備をする鈴木さんに、僕はようやくそう切り出すことができた。

「え!? 意外。イメチェンしたかったの？」

こちらを見てぽかんと口を開けている鈴木さん。

「うん。まあ。……いちおう髪は濡らされたんだけど、山田くんと平くんに無理やりやられたわけじゃなくて、つけてみてもいいかも、って二人に言ったんだ」

「へぇー、そうだったんだ！」

鈴木さんがそう言うと、あっけなく会話が終わった。

「…………」

思ったほど変に思われた感じはない。ちょっと意外、と感心する程度で終わっている。

この反応に拍子抜けしてしまって、僕も一瞬このあとの言葉が続かなかった。

――まあ、ともかく二人への誤解は晴らせたみたいだし、いいか。

そうしていたら、鈴木さんの身体は、すでに二限の英語の準備に戻っている。

一応ちゃんと経緯を話しておこうと、僕はもう一度口を開いた。

「鈴木さん。実はこの前の土曜日に……」

しかしそこまで言いかけたとき、今度は鈴木さんが用意した教科書を見下ろして、固まっていることに気づいた。

いま、僕の言葉は彼女の耳に入らなさそうだ。

「……どうしたの？」

それだけ訊いてみると、突然、彼女は放心したように言った。

「これ、一年のときのじゃん……」

「えっ」

直後、鈴木さんは泣きそうな顔で、頭を抱えて机に突っ伏す。そして、嘆き始めた。

「やっちゃった！　せっかく昨日《きのう》の夜、準備してたのにー！」

通訳すると、どうやら彼女は二限で使う教科書を一年時の教科書と間違えて持ってきてしまったらしい。確かに彼女にはこういう、少しそそっかしいところがあった。

僕は時計を見てから彼女に言った。

「まだ時間あるよ。他のクラスに行って、誰かに借りてくれれば？」

彼女はハッとして起き上がり、時計を見る。

「確かに！　いまなら間に合う！　……じゃあごめん、谷くん！　またあとでもっとゆっくり話そ！　ダッシュで借りに行ってくる！」

鈴木さんはそう言って立ち上がり、少し低速に見える恰好で教室の外へ去って行った。

やれやれ、と思いながら、誰もいなくなった彼女の席に目をやった。

「――谷、なんか今日、話し途中を邪魔されてばっかだねー」

不意に東さんの声がして「!?」と真横を向くと、いつのまにか東さんが立っていた。東さんは口元や目元に笑みを残しながら、僕を見ている。

「東さん。ずっと見てたの？」

「うん」

今朝からずっと僕らの様子を見物して楽しんでいたらしい。

「……まっ。あとでまた二人で話すなら、誰かに邪魔されることもないのか」

その言葉とともに流し目を送る東さんは、明らかに僕たちの様子を茶化していた。

しかし僕はその一言で改めて、鈴木さんの言葉を思い出し、少し嬉しくも感じていた。

――そうか、鈴木さんはこのあと、僕とゆっくり話そう、と思ってくれてるんだ。
それでも、それを表情に出してニヤつかれるのが悔しいので、僕は無表情を貫いた。

B面：「鈴木、今日の化粧良い感じじゃね？」

『廊下：九時四十二分（休み時間）　晴れ』

とにかく速足《はやあし》、速足！　速足で廊下を歩く！

ダッシュと言ったけど、廊下は走っちゃダメだからあくまで早歩きに徹する。

私は頭のなかをぐるぐるする情報を、そうして必死にかき消していく。

実はさっきも社会の授業は全然頭に入って来なかった。いまは同時にいろんな感情が湧いてきて、どれを選んで考えてもいっぱいになる。そういうときはまず、とにかく歩くことに集中する。

……だって、そうしないと気になっちゃう！

谷くん、あの髪型、自分で頼んだの？

――めっっっっちゃいいじゃん、今日の谷くん⁉

いつもの感じでも良いけど、今日は今日で良い。山田と平のスタイリングは、どっちがどうやったのかわからないけど、ちゃんと谷くんに似合う形になっていた。

谷くんが持つ清潔感や清楚《せいそ》感を崩さず、普段は前髪の隙間でわかりづらい切れ長の目の優しい輝きがしっかり見えるよう、自然に上げている。

——あの二人、グッジョブ！

最初はイタズラで無理にやったのかと少し呆れたけど、考えてみたらあの二人がそこまで悪質なことをするはずがない。谷くんの頼みを聞いたというのはあの二人らしい理由だと思う。

……ただ、代わりにちょっと恥ずかしいこともある。

谷くんの前髪が上がっていて、机も私のほうに傾けていたぶん、今日はそんな谷くんの視線を普段より強く感じてしまったのだ。いつもなら目に少しかかっている前髪も今日はない。だから話していていつもより目が合うし、余計にドキドキする。やっぱり意識して見られてるような感じがする。

結局ずっとそんなことを考えていた。すると廊下の向こうから大勢の生徒たちの足音と喋り声が聞こえて来た。

体育が終わって校庭から帰ってきた、他のクラスの女子たちだ。

「今日、良い感じに涼しい天気だったねー。いつもこれくらいならいいのに」

すれ違いざまに、ポニーテールの女の子が友達と雑談している声が聞こえてきた。楽しく体育を終えてきたみたい。いいなー。三限が待ちきれない。

「わかるー。でも張り切りすぎて汗かいちゃった。化粧とか超崩れたかも」

「直してくれば？　彼氏に見られるよー」

「そんなのへーキへーキ。疲れたから二限はマスクで隠しとこ」

そんな会話が聞こえてきて、少しハッとする。

――私、朝の化粧とか髪型とか、本当に大丈夫か!?

今日の谷くんの視界に入るなら、もっと可愛くいたい……。朝は完璧なつもりでも、出かけてみると案外変だったりする。

急に不安になってきた。

――よし。もう一回、ちゃんと鏡見よう、鏡！

私は慌ててトイレに向かった。


『女子トイレ：九時四十五分（休み時間）　晴れ』

図書室近くのトイレは、遠くなくて人が少ない穴場中の穴場だった。

窓から差し込む太陽の光も充分明るく、電気がついてなくても鏡はよく見える。

——でも、学校のトイレの鏡ってどうしてこんなに人相が悪く映るんだろう。

鏡の前にいる私は少し青白く見えた。もっと可愛く映してくれてもいいのに。

と、文句はいくつかあるものの、おかげで眉毛の左右非対称や、朝に巻き込み損ねた寝ぐせのうねりもはっきり見えた。こういう真実はばっちり映してくれていい。でないと直せない。

慌ててぱっぱと直す。今度こそ完璧と思えるように。

——よし。これでオッケー。

これで今日の谷くんに見られても大丈夫かもって、心なしかさっきよりちょっとテンションも上がってきた。

でもそういえば、さっき「つけてみてもいいかも、って頼んだ」と言ってたけど、谷くんがそう思うなんて正直意外。

そのあと「この前の土曜日に……」って言いかけてたけど、まさかあのとき一緒に服とか化粧品とか見て、お洒落に目覚めたってことなのかな。

確かにそれくらいのパワーはあると思う、あのあたりの街。

――だけど、あのときのデート、嬉しかったなあ。

横にいるだけで面白かった、って。谷くんらしいと思う。

私のことも考えてくれてるし、気にしている私を傷つけないようにああ言ってくれたと思うと嬉しくてたまらない。胸の奥に小さな幸せがこみあげてくるのを強く感じる。

もしあそこで私と一緒にいろいろ見てお洒落に目覚めたなら、私もちょっと誇らしい感じがするかも。

そういえば、あのとき帰る途中にすれ違ったカップルとかも、モデルさんみたいで素敵だったなあ。

でも勿論《もちろん》、谷くんもあの二人には全然負けてないと思う。

だって一限の授業中だって「今日の谷、かっこいいよねー」という声が教室の後ろのほうから聞こえた。

だけど谷くんは、ちょっと髪型を変えた日だけがカッコいいとかじゃない。どこがカッコいいのか、谷くんのカッコよさの正体とは何か、顔の黄金比なのか、声の高低なのか、絶妙な身長やスタイルなのか。いろんなことを私は毎日追究している。

そんな谷くんがお洒落に目覚めたらどうなるんだろう?

たとえば、眼鏡《めがね》を外してコンタクトに変えてみたり――。

眼鏡って漫画とかで知的なキャラに見せるアイテムだけど、谷くんの場合は外してもきっと頭良く見えるんだろうなぁ……。普段から谷くんには、絶妙な背丈やスタイルとか、目元とかが凄く大人っぽくて、知的な色気みたいなものがあるから。


それから、髪を伸ばして結んだりして――。

きっと清潔感は崩れない、と思う。何ならミステリアスな感じが強まって、髪を結ぶ仕草も何か上品に見えそうな気がする。さらさらの髪の毛だから、どれだけ伸ばしても似合いそうだと思う。


私とおそろいで、髪をピンクに染めたりしたら――。

正直染めてもけっこう似合うと思う。髪だけじゃなくて、服や靴もペアルックでおそろいのアクセサリーとかもつけて歩いてみたい、みたいな願望もちょっと湧いてくるかも。

――って、一人でこんな妄想して、ちょっとキモすぎか？

危ない危ない。鏡のなかを見ると、自分のおぞましいにやけ面が映ってしまっていた。

よだれが垂れてないのは幸運だった。

もうひとつの幸運は、図書室前の女子トイレは人が滅多に来ないことだった。

もしこんなところを誰かに見られたら、私の学校生活は危ないところだっ——

「あ、あ……ごめん、なさい……」

そんなか細い声が聞こえた気がしてスッと首を左に向けると、綺麗《きれい》な黒髪ショートボブが特徴の、見覚えのある女の子が怯《おび》えたウサギの表情でこちらを見ていた。

「じゃ、じゃあ……私はこれで……」

み、見られた……。

その子はふるふると震え、こちらを見つめたまま後ずさる。クマの対処法と同じだと思われてるみたい……。そうやって見なかったことにして去ろうとするのを私は必死で止める。

「待って！　西《ニツ》さん！　鏡の世界と交信してたわけじゃないから！」

んっ——と、八組の西さんが俯《うつむ》いて止まった。

西さんも図書室近くのトイレが穴場だと把握していたみたいだ。図書委員だから、ここが静かで人が少ないことを知ってたのかもしれない。

西さんも髪型とかをちょっと直すのに、ここ使ってたのかな……。

――あ。そうだ。

『2年8組教室：九時四十八分（休み時間）晴れ』


「ほんと危ないところだったー、ありがと。西さん！」

「あ、はい。私で良ければいつでも……」

もじもじと顔を伏せながらも、西さんは英語の教科書を貸してくれた。

彼女に、私はつい軽く話してしまう。

「せっかく昨日の夜に用意して完璧！って思って、朝もう一回ちゃんと確認したはずなのに、さっき見たら一年のときの教科書なんだもん！十秒くらいフリーズした～」

「んっ――」

「あ！西さん、いまの面白かった？」

「あ、う、ご、ごめん、なさい……」

西さんの声は後半にかけて小さくなっていく。

「ううん。いまの全然、笑うところだから！」

そう言うと、「あ、それなら良かった、です……」と縮こまっている。

可愛らしい、としか言いようがない。

西さんはおっとりしている印象があって、普段はあまり絡みがないけど、いざ話すときは凄く絡みやすい相手だ。反応に邪気がなく、笑ったりリアクションを返してくれたりすることも多いから楽なのだろう。

さっきも正直妄想に浸りすぎて、次の英語の教科書のことなんてすっかり忘れかけていたけど、西さんが来てくれて助かった。残り少ない休み時間で頼める相手は、あそこで偶然会った彼女くらいしかいなかったのだ。

「…………」

ふと、西さんが何か言いたげにこちらを見ていることに気づいた。

「どうしたの？　西さん」

「あ。えっと……谷くん、何かあったんですか？」小声で訊かれる。「さっき廊下で見かけたんだけど、なんか髪型が変わってて……」

そうか。西さんは谷くんと同じ図書委員だから、顔見知り同士なのだ。だから今日の谷くんを見かけて驚いたらしい。

「イメチェンしたんだって」

西さんは、へえ、意外……という顔をする。

と、そんなことを言い合いながら時計を見たら、次の授業の時間が迫っていた。もうゆっくりしてられない。

「あ、それじゃあ、あとでまたちゃんと返しに来るから～。ホントありがとう！」

私は八組の教室を後にしようと、後ろ側のドアに身体を向ける。

背中に西さんの「いえいえ……」と小さな声が聞こえた。本当に丁寧だ。借りた教科書はいつも以上に丁寧に、細心の注意を払って扱おう。

と、そんなとき、私の真横を何か凄く良い香りが通った。

「！」

例の——〈八組の美少女〉だった。

西さんの前の席の美少女が、私の隣を素通りして教室に戻って来たのだ。いますれ違い様に透き通った瞳が見えて、思わず「わ！　可愛い」と言いそうになる。

アドリブが利かない私から出て来たのは、前と同じ言葉だった。

「——」

しかし、私は緊張で何も話しかけられないまま、そそくさと教室に戻る。

突然あの距離で会うなんて。スダケンを見てかっこいいと思うように、可愛い女の子を見てもついきゃーとなったりもする。

……とにかく、今の態度が変な風に思われてないことを願おう。

『2年7組教室：九時五十二分（二限目）　晴れ』


滑り込みセーフで英語の授業に間に合った。

西さんから借りた教科書を破らないよう、ページの端をつまむようにしてスローモーションで開きながら、授業に挑む。ちゃんと勉強もしてそうなのに、どうやったらこんなに新品同然なままこの一年を乗り切れるのか——というくらい、西さんの教科書は美しくて、汚してはならないオーラに満ちていた。蛍光のマーカーで引かれた線も凄く綺麗な直線で驚く。

——物の扱いが丁寧なんだろうなあ。

私の持っている教科書は、鞄《かばん》に教科書を詰め込むときに角が折れた痕跡や、書き込みや勝手に貼ったシールでいっぱいだ……。

教壇では先生が黒板に英文を書いていた。

再び真横にいる谷くんの視界に入っている気がした。

——さっき直したから今の私は調子良いはず！　ただ大口を開けてあくびしたりしない

ように気をつけよう。

私は谷くんの視線がノートに向けて落ちたのを何となく感じて、さりげなく彼の横顔を覗いた。……いちおう、窓の向こうの空模様を確認しているなかで、谷くんが視界に入ったという設定を頭のなかに作っておきながら。

髪型が違う谷くんは、いつものような真剣な顔で板書を写していた。

ただ、あまりじっくり眺めるのはこの席だと難しかったりする。すぐ隣の席になれて嬉しい反面、残念なのは授業中、真剣な表情で黒板に目を向ける谷くんを見ることができないことだ。

でも、そうしてぼんやり見ていると、何か谷くんの目線に違和感が過《よぎ》った。

「…………?」

思わず鼻のなかから疑問符を伴ったような、声にならない音が出る。

ノートに注いでいる目は、真剣な一方で、どこか泳いでいる気がする。

そんなことを考えていると、ちょうど先生が谷くんを当てた。しかし、谷くんはどこか上の空という様子で、もう一回呼ばれてようやく「……すみません」と返事をした。

——やっぱり……。今日の谷くんは、いつもの谷くんじゃない。

髪型の違いとかじゃない。もっと悩める、何か心のなかにある引っかかりを捨て去れないまま座っている谷くん、のような気がする。

「！」

谷くんの目がもう一度黒板に向かおうとしたので、私はすぐに目をそらす。

――危ない危ない……。

さすがにジロジロ見ていることは知られたくない。

でも普段なら授業中の谷くんは集中力に満ちていて、覗くことができるのはもっと一瞬だったりする。今日は少し長かったけど、そこも普段の谷くんらしくなさ、だ。

――もしかして、何か少し悩んでるのかな？

私はそんなことを考えた。


『2年7組教室：十時四十五分（休み時間）　晴れ』


英語の授業が終わると、こっそり谷くんに話しかけた。

騒がしい教室のなかだと、またいつ何に中断されるかわからない。とにかく静かになれるところに来たかったので、階段の踊り場まで歩いていった。

「ねえ、谷くん。この前のデートで、何かあった？」

少し探るように訊いた。

谷くんの言葉のなかにヒントがあるとすれば、谷くんがさっきの休み時間に言った「この前の土曜日」だ。それはきっと本人に訊けば、答えてくれると思った。何かを言いかけて、私が遮ってしまったのだから。

谷くんは、すぐに答えてくれた。

「うん。実は……」

……それから谷くんは少し恥ずかしがるみたいに目線を泳がせながらも、土曜日にあったことや、そのとき思ったことを話した。

谷くんの説明には無駄がなく、頭に入りやすい。だから私は途中で疑問を抱いても、あまり口を挟まないでいた。最後まで聞けば、途中で浮かぶ疑問の答えは話してくれると思ったし、そうでなければ、終わってから訊き返しても答えてくれる。

やがて話が終わった空気を察して、いちおう訊いた。

「……それで全部？」

「うん」

とにかく、これで谷くんの事情がすべて呑み込めた。

あの大学生くらいのカップルに何か言われたのが気になったことや、それをきっかけに山田と平に髪型を変えるときに「変えてみてもいい」と思ったこと。

なるほど、と思った。谷くんは周囲を気にしないタイプかもしれないけど、自分一人だけが笑われることと、その周囲まで笑われることは決定的に違う。そこのバランスを取ろうとするくらいには、ちゃんと周りを考える人だった。

だから今度はそれを受けて私の話す番だ。

――でも、どこから突っ込むべきか……。

というより、何から話すべきなのか悩んでしまった。

そもそも谷くんの話していることに、大前提としてひとつ大きく言いたいことがあった。あのカップルの会話のことだ。私には、あのときの会話は実は、全部聞こえていたし、だから谷くんの言っていることとの違いがある。

――でも、どうなんだろう。これをいま話すのは。

ここから話したら話すべき順序がややこしくなってしまう気がする……。

そういえば話をするときは結論から話すと相手によく伝わる、と聞いたこともある。あのカップルが何を話していたか――という話は後に置いて、まず私は谷くんに一番伝えておきたいことを伝えたほうがいいかもしれない。

ぐちゃぐちゃと頭のなかで段取りを浮かべたあとで、私はすぐに口を開いた。

「……谷くん！」

「何？」

「お洒落は周りに合わせるためじゃない。自分のテンションを上げるためにある！」

「……え？」

谷くんに詰め寄って言うと、その顔には少しの困惑が浮かんでいた。自分でも咄嗟に、格言を読むみたいな言いまわしになってしまって少し困惑していたけど……。

それでも私は頭のなかで言いたいことをまとめようとしながら、続けた。

「……要するに谷くんは、周りの目とか、一緒にいる私のこととかが気になったからその髪型にしてもいい、って思ったんでしょ？」

「うん。まあ、そういうことになるけど……」

「でも、そこに谷くんの〈自分〉がないなら、ゼッタイ意味がないと思う！」

「〈自分〉が、ない？」

「うん！」

いまひとつ谷くんにはピンと来てないような感じだった。もしかしたら谷くんにとっては、お洒落は周りに見せるものというのが常識なのかもしれないし、そもそも私は谷くんみたいに説明が上手じゃないのかもしれない。

しょうがない。私はある程度バイブスに任せて話していこう。

「確かに私は谷くんに会うときにはメイクして、私なりに努力もしてはいるつもりですよ？　でもそれは、べつに谷くんのためにやってるっていうわけじゃないです」

「僕のためじゃない……」

「あーっ！　良い意味で！　良い意味で！」

「いや、言いたいことは何となくわかるけど……」

焦りながらも、私はもう一度、冷静に言い直す。

「えっと……。なんていうか、それは全部、私が谷くんに会えるテンションに持っていくためっていうかさ。……私の気持ちを万全に持っていくための装備なの。だから谷くんにそのことで気を遣われたり、悩まれたりするものじゃないと思う。私の場合は、自分が『これがイイと思う！』って思える恰好をするから、胸を張れたりとか、好きな人の前ではしゃげたりするわけで……一番大事なのは、そこだと思うから」

「…………」

谷くんは真剣な表情で聞いてくれる。理解をしているのか、それともそんな風に見える反応なのか、私には読みとることはできない。だからなのかな、言葉が重なる。

——大丈夫かな。私、よくわからないこと言ってないかな。

「もちろん、私の好みに合わせようって思ってくれたりとか、そのあたり考えてくれたりするのはやっぱり嬉しいし、普通にありがとうだけど。——でもそのために逆にソワソワしたり、テンション下がったりしたら、たぶん谷くんにとって、何の意味もないって思う」

——あ。でもなんか、そうして話していてわかった。

きっと伝わる。何か自分でも答えが見えてきている。私のなかでたぶん、答えが決まっているけど言語化できていない話をしていて、話しながら探していって、それをいま、見つけたような感じがした。

「……だから、要するにお洒落は自分がしたいと思ったらするのがいいし、なりたい自分になるためにやるんだよ！」

そうだ。たぶん、ただそれだけのことだ。

お洒落については、さすがに私のほうが谷くんよりも日常的に向き合っているはずだから わかる。それでそのぶん、傷つくことも……普通にある。

自分で欲しいと思って選んで買った服を、変な服だと言われたり、たまに「ダサい」とか「似合ってない」とか言われることもある。

でも、性別とか年齢とか、場所とか立場とか、そういう周りの放っている〈空気〉に自分を当てはめて着るのをやめてしまうと、なんだか「ダサい」とか「似合ってない」とか言われたときよりも気持ちが下がってしまう。人と会うときや勉強するときだって、自分の納得のいく恰好じゃないと気持ちは上がらない。

私はいつも着たいから好きな服を着て、メイクも髪もピアスも全部、空気でもドレスコードでもなくて、そのときの自分の気持ちにぴたりとはまるものを選びたい——。

「…………」

谷くんはしばらく顎《あご》に手を当てて、その意味について考え込んだ。

それから納得がいったように、谷くんは言った。

「うん。なんか……だいたいわかった気がする」

谷くんは、きっちりと話を理解して納得できない時は顔に出るし、「わかった」とは言わない。だからこの反応は本心なのだろう。

「良かった!」と私は納得する。

誰かときっちり共感しあえる瞬間や、説明が伝わる瞬間に凄くホッとする。それが私たちの共通の話題じゃないとき、なぜか尚更《なおさら》嬉しく感じることがある。

谷くんはそれから不安そうに言った。

「……だけど」

「どうしたの?」

「今日の僕、そんなにソワソワしてるように見えた？」

「えっ――。えっと……うん！」

不意の問いに思わず、言葉が詰まりそうになった。だって、ソワソワしているのがわかるくらい、さっきの授業中にずっと見てたみたいに思われそうだったから。

なんとか咄嗟に、さっき言いかけた話を掘り出して誤魔化そう。

「あっ！　そ、そうだ、谷くん！　あのカップルが言ってた言葉、私、聞こえてたよ」

「え」

谷くんは目を丸くする。私には凄くはっきり聞こえた言葉も、谷くんには本当に聞こえてなかったみたい。

――ふふふふふ。

いま思い出して、ちょっと口元がにやけていたかもしれない。

だって、あの綺麗なカップルが話していたことを思い出すと、嬉しくなる。おかげであのデートの日、私にとっては最高な一日だったし、昨日もずっとそれで悶《もだ》えていた。

目の前で谷くんは困惑したような目になっている。「なぜ突然笑ってるんだろう……」という目で私を見ていたので、一度咳払《せきばら》いして抑える。

しょうがない。ちゃんと伝えておこう。

「――あの二人可愛いね、って言ってたんだよ」

そう言うと、思わず、くすっと笑いが漏れてしまった。

あの日、私の背中に聞こえた声は、こんなものだ。

――ねえ、いまの二人さ……。

――何？　どうかした？

――仲良さそうで、超可愛くない!?

――あー、なんか微笑ましいよね。

それからすぐ二人の笑い声が聞こえて、私のスマホに家族から通知が来たのだ。それを見て地元が雨だと知らされて、私はそちらに気を取られてしまった。でも直前まで私はとんでもない得意顔だったことだろう。

――あ。でもそういえば、私たちのこと、カップルだと思ったのかな。

いま思うとそうだ。もしかしたら友達とか兄妹《きょうだい》とかそんな風に見られていたのかもしれない。ちょっと考えすぎかもしれない。でもどういう関係に見られたって、私たちが周りから見て超仲良く見えるのなら、それだけで充分だ。

谷くんは、私の言葉で自分の間違いに気づいて口元を掌《てのひら》で押さえて堪《こら》えていた。

「もしかして、自意識過剰ってやつですか？」

わざとにやけて、私は谷くんの顔を覗き込む。我ながら調子に乗ったなぁ、と思うけど止められない。彼は悔しそうに目をそらす。

「…………」

谷くんの頬《ほお》が紅潮していた。でも保存したいくらいに、何かちょっと、そそるものがある表情だ。

「あ、そうだ！」

まだやってないことがある。

私はすぐさまスマホを取り出した。そのときには谷くんは顔を上げて、もう頬が赤くなくなっていたけど。

――今日の髪型を写真に撮ってない！

「ねっ。谷くん、ちょっと写真撮らせて！　今日のレアな髪型！」

私はすぐにカメラアプリを起動した。提案すると、谷くんは特に抵抗することもなく、ただ無言で、されるがままにあらゆる角度から撮影されはじめた。

私は最後に自撮りで二人で撮って、またすぐ教室に帰ることにした。

三限は体育だ。すぐに着替えに移らないと、間に合わなくなってしまう。

谷くんが何か言いたげにする横顔を私は見つめて、ちょっと訊く。

「あ、ごめん。ちょっと、調子乗りすぎた……？」

「いや、そうじゃなくて……」

「？」

そこまで言うと、谷くんは小さな声で囁《ささや》くように言った。

「そんなに喜んでもらえるなら……やり方覚えてみようかな……」

「えっ、いいの!?」

「うん、やるとしてもたまにだと思うけど……」

「やったー!!」

改めてそう言われると、凄く上がる。案外気に入ってたのかもしれない。

「あ、ほんとだ。この谷くん、嬉しそう！」

私がさっき二人で撮った写真を見ると、ちょっとだけ嬉しそうに口角が上がる谷くんをカメラは逃さず捉えていた。谷くんのは、作り笑いじゃない。

「帰りにワックスでも買いに行く？　平どのワックス使ったんだろ」

そんな風に話しながら、時計の針を見て気づく。

このあとは待ちに待った体育だ！

気持ちが晴れた私は、力いっぱい叫んだ。

「本日快晴！　ツイストサーブ決めてやる——！」

断章1

「サト、次体育だよー!!……と思ったけど」

『2年7組教室：十時五十五分（三限目）　雨』

　窓の外から聞こえる雨音は、数分前より勢いを増していた。

「鈴木《すずき》って、絶対持ってるよね。めっちゃ羨ましい」

　闘志を燃やすナベの視線の先には、「なんでー……」と不満の言葉を残して机に溶けている鈴木がいた。表情からは元気が消失している。

　突然のスコールが発生したのは、ついさっき鈴木が「本日快晴！」などと一人で叫んだ直後のことだった。

　それからまもなく、体育の教師が自習を宣言し、鈴木の目論見《もくろみ》は中止になった。

　あまりにもタイミングの良い出来事に、そのときは全員が面食らっていた。

「さすがに漫画すぎるだろお前」と、これは山田《やまだ》の評。

「この速度でフリ回収するのマジかよ」と、平《たいら》の評。

「めっちゃ鮮やかだった」と、東《あずま》の評。

「天候、操ったん?」と、あのときはナベも目を丸くしていた。

　谷《たに》くんですら吹き出しそうになっていたのを、私は見逃していない。

「なんで鈴木ってたまにあんなにオイしいんだろ。生粋のエンターテイナーじゃん！」

ナベは悔しがってまだ口を尖《とが》らせている。

すると伏せたままの鈴木が、机に声を反響させて「そんなの目指してないー……」と答える。

そしてしょぼくれた声で続ける。

「私のツイストサーブ……」

「それはどっちにしろ無理だろ」

私が思わずそう突っ込むと、ナベが「普通のサーブも難しいのにね」と加えた。

「めっちゃちくちくしてくるじゃん」鈴木はそう言った。

鈴木の一番凄《すご》いところは、これだけあからさまに落ち込んでおきながら実際にはテニスはおろか体育全般が壊滅的に下手《へた》なことだ。

前回の体育のことを私たちは忘れてない。

まずサーブをすれば当然のように空振り、一番良くてホームラン。コートに立てば、飛んでくるボールに追いつけずにコントのように派手に転んでしまった。やっとのことで鈴木のラケットにボールが当たったかと思えば、隣のコートにスマッシュが決まっていた。

そのわりに鈴木は今日の朝、ずっとうきうきしていた。

バドミントンもバレーボールもバスケットボールの日も、鈴木はすべての競技がことごとく下手なのに、いままでそれを楽しみにしていなかった記憶がない。しかもナベが試合で活躍したとき、最初にハイタッチしに行くのが鈴木だったりする。

本当に、凄いところだと思う。

……なんていうか、たぶん鈴木は周りの空気を読んで明るく振る舞っているところはあるけど、決して百パーセントそれだけというわけじゃない。こういう性格だから周りに人が集まっていて、しかも集まって来る全員のことが好きだから、そのぶん他人にエネルギーを使って人並み以上に疲れてしまうのだ。そのため、振る舞っているだけに見えるのかもしれない。

そんな奴《やつ》な、気がする。

ナベは、今度は谷くんに絡んだ。

「ねっ！　谷くん、鈴木と一緒にいて他にもこういうことあった？」

谷くんは自習時間にちゃんと教科書とノートを開いている。

「…………」

ナベの言葉を受けて、谷くんはシャーペンを持ったまま天井を見つめて考えはじめた。

ＬＥＤの照明が谷くんの眼鏡《めがね》に反射して、細い両目が光に隠れる。

そんなシュールな光景が数秒続いたあと、谷くんは答えた。

「……あんまり、思い浮かばないかな。でも何回かはあったかもしれない」

「そこまで真面目《まじめ》に答えなくていいよ、谷くん」私はすぐにそう言った。

さすが谷くんだ。すぐに「ない」と言い切ってしまえばいいのに、いちおう記憶を探ってから答えるあたり、真面目な性格だと思う。

「ないかー。じゃあしょうがない」

ナベが眉《まゆ》を八の字にして柔らかな笑みでそう言うと、谷くんは「うん……」と微妙な反応をする。邪魔しちゃ悪いと思ったのか、ナベはそのまま谷くんのもとを去っていった。

私はナベを追って、去り際に谷くんに一言言っておく。

「勉強中、邪魔してごめんね」

「いや……。邪魔じゃない」

谷くんはそう答えて教科書を閉じた。

——そういえば、さっき社会の授業で鈴木と少し喋《しゃべ》って注意されていたっけ。聞き逃した部分でも読んでいたのかもしれない。

谷くんは鈴木と付き合うようになってから、二年七組の教室でほんの少しだけ周囲に意識される存在になった気がする。それは鈴木の彼氏という事実がセンセーショナルだからじゃなく、隣に鈴木がいることで谷くん自身の人柄が徐々にわかってきたためだった。

物静かだけど、いざ絡めば気が弱いわけではない。感情を見せないようだけど、実は内心その場の空気を楽しんでいる。そんな人柄だとみんな気づいていったんだろう。

ただそれでも勉強のほうは疎《おろそ》かにしないのが谷くんらしい。


ナベは、今度は東のところへ行っていた。

――マイペースで自由だなあ……。

「アズマ、今日弁当何～？」

「毎日パンのイエティのやつ」東はナベの唐突な質問に即答した。「期間限定の」

「ああ、ＣＭでやってるイエティパン？」

イエティパンは、イエティのイラストシールが封入された、毎日パンが期間限定で販売している菓子パンだ。味は二種類くらいしかない。

「シール集めてんの？」

「いや、ただコンビニに今日の気分のパンなくて」

「それでイエティパン選ぶ……？」

「えー、だって外袋かわいいじゃん」

「シールじゃないんだ……」

東はそう言われるとすぐ近くの席に座っていた平へと、視線を送った。

「ねえ。平、イエティパンのシール集めてる？」

「集めてねえよ」

「いまから集めてることにしてジュースとかと等価交換しない？」

「どこが等価交換だよ」

平の言葉は辛辣な返しのはずなのに、不思議とそのトゲが気にならない。声色《こわいろ》の問題かもしれないけど、平がこういう言い方をするときは言葉の矛先が平自身に向かっていくような聞こえ方をする。他人に擦り傷が残るような感じがなぜかあまりなかった。

……でも私には、それはなんだか、東の言葉も少し似ている気がする。

「あれ？　そういえば山田は？」ナベが言った。

そういえばいつものメンバーが近くの席に集まっているのに山田がいない。

山田の場合、自習と聞けばすぐに立ち歩いて話題に入って来る。まるで友達の家でくつろぐかのように、鈴木やナベや平の近くで何かをやっているはずだ。

ナベが何やら青ざめて山田の席のほうを指さしているのが見えた。

「み、見て。あれ……」

そんなナベの言葉を聞いて、山田の席を見やった。

私も思わず、啞然《あぜん》とした。

「山田が自分の席で本読んでる……？」

ナベが指差した先には、たしかに文庫本を開く山田の姿があった。しかも漫画じゃない。装丁を見る限り、小説の文庫本だ。山田の真剣なまなざしはぶれることなく、開いた本の中身に注がれている。

こんな光景、見たことがない。ナベは動揺してすぐに山田のそばに寄った。

「どうしたの、山田……。熱でもある？」

そう言うナベは、病人を安心させるような作り笑いをしていた。明らかに冗談ではなく、深刻な事態として捉えている。

「あのなあ」山田が一度本から視線を外した。「俺も本くらい読むわ」

「噓《うそ》でしょ」

「俺の読書そこまで非現実的？」

「……ていうか、それ何の本よ？」

山田は「ん？　ファンタジーもの」とだけ答えた。ちょっとだけ山田っぽくて安心した。

ただ、何であっても異常事態ではある。

「じゃあ、悪いけど俺これ読まないといけないから、あとでな」

そして山田は、ぷい、とまた読書に戻った。

私とナベは顔を合わせる。

しばらく顔に動揺が張り付いていたナベが、ようやく口を開いた。

「……これは、雨が降るね」

「もう降ってるだろ」私はナベが望む通りの突っ込みを返した。

外を見ると、相変わらず雨は勢いを増していた。教室の窓は隅々まで水滴に覆われて、窓の外の景色が隠れるほどになっていた。

——帰り、どうしよう。

これ全部、本当に山田が突然、本を読んだせいなような気がしてくるほどの大雨だ。

一体、何があったんだろうか。

第2章

A面：「土曜にライブで見かけた子、八組の西さんじゃないかな？」

B面：「山田が小説読んでたんだけど」

A面：「土曜にライブで見かけた子、八組の西《にし》さんじゃないかな？」

『2年8組教室：十一時十五分（三限目）雨』

土曜日に買ったファンタジー小説を閉じながら、私はため息を吐《つ》いた。

自習で一時間、みんな自由を満喫している。どこの席も何か雑談で盛り上がっていたり、スマホゲームをしたり、音楽を聴いたり。私は読みかけの本を読んでいたけど、残り数ページを読み終えてしまって、やることがなくなってしまった。

ふと思い立って、この小説の感想を少しだけスマホで調べてみた。

さまざまな評価が目に入ってくると、ため息は深くなる。

「良かったねー、雨で」

真後ろの席の私を振り返って、ホンちゃんはそう言った。

透き通るようなブラウンの瞳《ひとみ》が私をじっと見ていた。同じ色の長い髪《かみ》は、日本庭園の小川みたいに緩やかに流れながら制服の肩《かた》の下に落ちている。

「あ、うん。正直ほっとした……」

ホンちゃんに返す。

ホンちゃんというのは彼女のあだ名で、本田《ほんだ》という苗字《みようじ》から取っている。私のほうはホンちゃんに、西という苗字から取ってニッシと呼ばれていた。

「ニッシ、ソフトボール苦手だもんね」とホンちゃんが言った。

「うん。好きな人には悪いけど、中止で良かった……」

突然の大雨で今日の体育は自習になった。自習監督の先生はいない。

体育館も改装中で使えないみたいで、体育を楽しみにしていた人たちは少し肩を落としている。

だってうちの学校テニス上手《うま》い人多いし、空振りすると結構目立つ。ダブルスだと決まって私のほうを狙われてしまって、組んだ相手を余計に走らせてしまうことになる。みんな私が失敗しても「ドンマーイ」って声をかけてくれるんだけど、かえって申し訳なさでいっぱいだ。

……という話を、ホンちゃんには前にした。

正直、私がこんな風に思っていることは誰も知らないと思う。人と話すのもあんまり得意じゃないからだ。けど、私はホンちゃんにだけは何でも話すことができた。

「でも最近多いよねー、雨」とホンちゃんはフランクに話す。

「今日は晴れだって聞いてたんだけどね……」

「私は置き傘あるからいいけど、ニッシは？」

「ううん。持って来てない」

「なら一緒に帰る？　私の傘で」ホンちゃんはそう提案した。

「いいの？　ホンちゃんさえいいなら甘えようかな……」

「じゃ、決まりね。今日一緒に帰ろ！」

ホンちゃんは何の気なしに笑って、それからすぐ話をリードする。こうして話すとき、私はいつもホンちゃんに助けられている感じがする。

「そういえば土曜もさ、予報では晴れだったのに雨長かったよね」

ハッと土曜日を思い出す。確かに、あの日もそういえば突然のスコールだった。

「え、あ、うん、土曜日！　土曜日ね！」

と返すと、ホンちゃんがじっと目を細めて私を見た。

「……ニッシ、土曜に何かあった？」

「えっ」

「あったでしょ。明らかに。顔、ニヤけてるし」

凄《すご》い察知力。目の前のホンちゃんの顔には「誰と会った？　さあ正直に答えなさい」と書いてある気がした。

私のことはホンちゃんには秘密にできないみたい。

少しだけ周りを見回した。みんな私たちのほうは見てないし、それぞれ別のことに夢中なのを確認して小さくホンちゃんの耳に囁《ささや》く。

「……あのね、山田《やまだ》くんと会ったの」

するとホンちゃんは唇《くちびる》を口の内側に巻き込んだみたいな、何とも言えない表情でこちらを見る。

とにかく、何かちょっと誤解や齟齬《そご》が起こりそうだから、具体的なシチュエーションを補足することにした。

「でも、あくまでただの偶然で、待ち合わせてたわけじゃなくて——」

あとは口が勝手に喋《しゃべ》りだした。一個の情報を伝えるたびに、その一個の情報が変な誤解を生むんじゃないかと心配してしまって、また情報を重ねてしまうのだ……。

ただ、きっとホンちゃんなら全部話せば変な誤解はしないと思う。

絶えない雨音にあの日、ショッピングモールで聞こえた音が重なっていった——

『ショッピングモール：二日前　十五時〇〇分　雨』

買い物中の私の耳に、一斉の拍手の音が聞こえた。

——すぐ近くかな。何があったんだろう。

都心から外れたこのあたりのショッピングモールで、これだけ場が沸いている状況なんて遭遇したことはない。さっき雨が降りはじめてしばらく外にも出られないし、確認する時間はあった。

軽くジャンプするように肩のバッグをかけ直し、音のするほうを見に向かう。

すると、いつもは休憩所になっているベンチのある広間が、今日は少し華やかなイベントホールになっていた。お年寄りや小学生、いつもより多くの人が座っていて、簡素なステージでは見覚えのある和服のピン芸人さんが注目を浴びている。

——あ、あの人、小学生のころよくテレビに出ていた人だ。

有名人を見たのは初めてかもしれない。今日はこの人のお笑いライブがあったんだ。少しわくわくする。最近はあまりテレビで見ることはなくなったと思っていたけど、それでも子供たちがたくさん座っていた。

席がひとつ空いているのが見えた。〈観覧無料〉の文字が目に入って、少し周りを見てから、肩を縮めて鞄《かばん》を膝《ひざ》に載せ、その席に座ってみた。

それから前説を終えて、芸人さんは歌をうたいだす。

和服にはあんまり似合わない奇妙なリズムで踊りだし、会場中の期待のまなざしがこもった広間で、盛大な一発ギャグを披露した。

そして場が静まった。

「「ぷっ――」」

思わず吹き出してしまう私。そして恥ずかしくなる。

……でもいま、なんだか近くからもうひとりぶんだけ、笑い声が聞こえた気がした。私の笑い声と重なるようにして、別の誰かの声が間違いなくあった。

いま聞こえた笑い声はどんな人だろう。ちょっと気になった。

だって、笑い上戸の自覚はあるけど、センスがずれているのかもしれないと思うと少し怖い。みんなに見られたりすると、なんだか「ごめんなさい」っていう気持ちになる。でもさっき誰かもうひとり笑った瞬間、そうじゃないんだと救われた感じがしていた。

――なんとなく、若い男の人の声だったような……。

たぶんすぐ近く。ここから何人か挟んで左のほうの席だ。前かがみになって「もし嫌だったらごめんなさい」と思いながら、ゆっくりと笑い声が聞こえた席をそっと見てみた。

「！」

そのとき、なんだか胸から上の時間が止まったみたいだった。

一瞬肝が冷えたあと、胸の奥で小さな熱が広がっていく。

そこにあったのは見覚えのある顔だった。目を細めた猫のような無邪気な笑い顔。

七組の山田くんだ。

私の時間が止まるなか、芸人さんは滑った空気を自虐ネタにして次の笑いに繋《つな》げようとする。慣れているだけあってそれはみごとなトークで、次の場面は私たち以外もたくさん笑うようになった。

でもその大きな笑い声のなか、私は確かに聞こえる山田くんの声に耳を澄ました。


『ショッピングモール：二日前　十五時四十五分　雨』


「まさか西さんも来てるなんてびっくりした」

右隣を歩く山田くんの表情は何の気もないように澄ましていた。

どこに行くわけでもないけど、私はライブが終わってからも山田くんとショッピングモールをうろうろ歩いている。私のほうは何が何だかわからないままだった。

山田くんのほうをちらっと見る。

山田くんの恰好《かっこう》は、白いパーカーにデニム生地のパンツ姿だった。足元を見ると派手なスニーカーを履いている。靴紐の上で帯（?）が交差していて、一体どうやって履くのか、どこに売っているのかが気になってしまう。

でも凄くお洒落《しゃれ》に見える。

私は人に会うと思ってなかったから、ちょっと自分の服装が気になってきた。

――変に見られたりしないかな……。

私がそう思っていると山田くんは、すっと話を切り出す。

「今日、本当は谷《たに》たちを誘ってたんだけど、みんな来られなくてさー」

実は谷くんや男子の友達を誘おうとしてたらしい。でも谷くんは用事があって、あとのもう一人の平《たいら》という子はバイトが入っていた。ガパチョというあだ名の友達と落ち合う約束をしていたが、ついさっき来られなくなってしまったらしい。

「まあみんな事情があるから仕方ねーよなー」

「谷くんとは休日もよく遊んでたりするんだ……?」

「ん？　いや、たまにかな。思い立ったから、なんとなく誘っただけ」

それも凄い。私にはそのフットワークの軽さはなかった。でもそこも山田くんらしいと思う。

山田くんは手を頭の後ろで組みながらそう言って、こちらを見る。

「西さんは、今日はどうして？」

「え!?　ああ、私はたまたま……。ちょっと買い物に来てて……」

急に話を振られて、何でもない内容なのにぎょっとする。

「何買ったの？」

「お菓子コーナーで、チョコとか……マシュマロとか……」

「それ、わざわざここ来なくてもコンビニとかで買えない？」

「いや、こういうところだと他にもいろいろ探検するのが楽しいっていいますか……」

つい敬語が出てしまう。山田くんと一緒になるのが、突然すぎた。いろいろと準備ができてないままで、どうしようか悩んでしまった。

「あー、それちょっとわかる。――あ、でもそれであそこでライブやってるのに気づいたんだ」

「はぃ……。買い物が終わってから、探検しながら雨宿りしてたら、あのあたりで拍手の音が聞こえて……」

「ふーん」

そう答えながら、さっきから山田くんの顔が全然見られなくて、私の視線はずっと床を見ていた。白い□模様がいっぱい並んだ床に、黒い■模様も点々とあるのを気にする。

山田くんとは話していて楽しいし、今日たまたま会えたのは内心、ちょっと嬉《うれ》しい。

もしかしたら、私がこうして人の多いところを歩いているのは、こうしてばったり山田くんに会えるんじゃないか――っていう期待が、少しでも持てるからだったのもあるかもしれない。

でもいざばったり会ってしまうと、そのぶん緊張して結局話すのが怖くなる。

私は□をマグマに見立てて避けて歩く小学生みたいに■の位置ばかり気を留めて、なんとか頭を山田くんでいっぱいにしないようにしていた。

すると、私の視線の先の■を軽くジャンプして山田くんが踏んだ。

驚く私の顔を覗《のぞ》きこんで、山田くんが言う。

「あ、ごめん……。なんか黒いとこが安全地帯だと思っちゃって。つい」

ぷっ――と、思わず吹き出してしまった。

「ん？　いまもしかして子供っぽいってバカにした？」

ちょっとだけ眉《まゆ》を曲げる山田くんだけど、これも無意識に私を楽しませようとしてくれた、素直なリアクションのひとつなんだと思う。

私がすぐに何も反応できなくても、山田くんは続けてくれる。

「俺、小学生のころ、そうやって遊んでてさー。いまだに癖が抜けないときあるんだよなあ。ちょっとバカっぽいとはわかってんだけど、つい」
「え、あ、いや……私も」やっと私の口が動く。
「え？」
「私もさっきちょっと、そこの黒いところ見て、あ、安全地帯だって……同じこと考えて
て……」
自分のほっぺたが、かぁぁぁと赤くなったのがわかった。〈肩身が狭い〉っていう言葉
はこういうときに使うわけじゃないけど、なぜか肩が勝手に縮まって、凄く〈肩身が狭い〉
みたいなポーズになってしまった気がする。
——もしかして、わざわざ言わなくて良かったかな……。
すると、ふと山田くんの口から小さく漏れた声が、はっきりと聞こえた。
「かわい～……」
思わず出た言葉だったみたいで、見ると山田くんは口を開けたまま固まっていた。その
言葉の意味が遅れて頭に入ってきて、私は思わず両手で顔を覆いそうになる。
いまの言葉が衝撃で、思考ができなくなる。自分がいまどういう感情なのかもわからな
くなるほど頭のなかの情報が全部ぼんやりした。
「…………」

——しかも何も返せない！　どうしよう！

このままだとどうにかなってしまいそうなくらい、身体の芯からいろいろなものが臨界点に到達しようとしていた。

そこで私は慌てて周りを見た。ぱっと目に入ったなかで意識できたのは、モールの片隅の本屋さんだけだった。すぐに指さして、山田くんに言う。

「そ、そうだ、山田くん！　私、ちょっと、本屋さんに寄ろうと思ってて……!!」

咄嗟《とっさ》の嘘《うそ》だったけど、まあ寄りたくないわけじゃない。

「……じゃあ、一緒に行く？」と、山田くんが訊《き》いた。

山田くんの顔が本屋さんのほうを向いていた。

「あ、うん。一緒に行ってください、か……？」

わけもわからないまま、いま口から出た日本語が正しいのかもよくわからないまま、私たちはすぐに本屋さんに向かった。

それからしばらく、本屋さんのなかにいた。

停止していた思考回路がやっと修復されてきた感じがする。山田くんの言葉は考えないことにして、自分の目線の先にある本のタイトルに集中した。

田舎《いなか》のモールに入っている本屋さんは、正直、少し狭い。

これからドラマ化する本や賞を取った本、人気の漫画、新しい雑誌や写真集が並んでいる入口が一番派手で、あとの品揃《しなぞろ》えはそこまで良くなかった。

文庫本の棚だけ見ても、大きな書店だとそれだけで迷路のようになっているけど、ここにはいろんな出版社をまぜこぜにした、小さな棚二面分だけしかない。置いてあるのはほとんどが有名な作家さんの本だ。

でも、そのおかげで左上の〈あ〉の作者名から、右下のほうまで全部見ていけば、欲しい本や気になるタイトルがあるかすぐわかるのが、大きな本屋さんとの違いだった。大きい本屋さんも良いけど、あまりに本が多くてわからなくなってしまう。

「ダメだ、探してた雑誌、なかったわー」

ひとりで漫画雑誌を探しに行っていた山田くんがそう言って戻ってきて、一瞬どきりとした。お店自体が狭いから、ちょっと離れてもお互いの姿は見えてたけど、こうして話せるほどすぐ近くにいるとまた少し心臓《しんぞう》がばくばくしてきた。

「西さんは？　探してた本、見つけられた？」

「えっ！　あ、まだ見つかってないよ！」

——そもそも何かを探しているわけじゃなくて、何か欲しいものがあるかどうか、探しものがあるかどうかをぼんやり探していた感じだけど……。

とにかく山田くんに話しかけられて、ついどこまで本を見たのかわからなくなったから、もうすでに見たはずのところにもう一度視線を移してしまった。

でも、その瞬間、思いがけないタイトルが目に留まった。

「あ！　これ――」

私はすぐにその文庫本に吸い寄せられるみたいに、背に指をひっかける。

「――新刊、出てたんだ！」

思わず驚いた。大好きだった女性作家が書いた、ファンタジー小説の七巻目だ。ちゃんと並んでいる本を順番に確認したはずだけど、見逃してたんだ。

――最近、全然チェックしてなかったなぁ……。

一瞬凄く嬉しくなって、そのあと表紙を見て懐かしさがこみあげる。昔読んでた小説のシリーズだ。ここにはその七巻目だけが置いてあった。ここまでの六巻は全部、私の部屋のどこかでケースのなかにしまってある。

てっきり続きはもう出ないと思っていた。

「その本探してたの？」

山田くんが興味深そうにこちらを見ていた。

「あ、うん」

咄嗟にそう答えてから、山田くんの興味に答えを返すように、私は夢中になって口を動かし続ける。

「これ、中学のときに読んでたファンタジー小説の続きで、凄く面白くて一巻は初めて徹夜して読んだ本なの。何度も読み返したし、一巻も危なかったけど二巻と三巻はついつい夜中に読んでて泣いちゃって……」

ただあんまり長く語るよりも前に山田くんの視線に気づけた。白目の大きな瞳が、感情のわからない顔を形作ってこちらを見ていた。

「西さん、めっちゃ喋るじゃん」山田くんがそう言うと、私は少し恥ずかしくなる。

「あ。すみません……」

「ううん。西さんがこれだけずっと語ってんの珍しいなって」

山田くんがにこりと笑い、私は少し安心した。

「この本、そんなに面白いんだな。七巻目だっけ。長いなぁ」

「うん。でもけっこうすらすら読めたよ」

「へえ。西さん、これ買うの？」

「……あ！　うん！　買ってくる。ちょっと待ってて！」

すぐにこの本一冊を片手に、たたたっとレジに向かった。べつに本が逃げるわけでもないけど、何かすぐに自分のものにしたかった。

今日、この本屋さんでこの一冊よりも私に必要な本に会うことはないと思う。

いろいろ偶然が重なった結果だけど、見つけられて良かった。山田くんが突然話しかけてくれたおかげかもしれない。

レジに来て、バーコードの上に埃《ほこり》がついてるみたいな感じがして、手でさっと掃《はら》って店員さんに渡した。もう少し貯《た》めるはずだったお財布の中身も、いまは躊躇《ちゅうちょ》なく差し出せる。

それから両手で抱えるみたいに受け取った。

すぐにバッグの中身を寄せて、そのなかに本を詰めて、山田くんのところに戻る。

すると、山田くんが言った。

「……ねえ。その本の一巻、西さんまだ持ってる？」

「えっ！　家にあるけど……」

突然の質問に、私は素直に答える。

「それ、俺に貸してもらったりって、できる？」

山田くんは自分のことを指さしながら、真顔でそう言った。

「え？　山田くん、このシリーズ読みたいの？」

「うーん。わかんない。俺、本って普段あんまり読まないんだけど、さっきの西さんの話聞いてたらちょっと興味出てきたから……」

その答えを聞いて、唇を結んで、顔じゅうの喜びを一度奥歯で噛みしめてから言う。

なんか、わくわくした。同じ楽しさを共有できるのが楽しみになった。

「じゃ、じゃあ、またあとで連絡するね！」

「うん。わかった」

その返事を受け取ると、山田くんに本を貸すのが楽しみになった。

読むのが楽しみなんじゃなくて、貸すのが楽しみ。そんな不思議な気分。

私の好きな世界が、もっと大きくいろんな人に広がる気がしていた。


『2年8組教室：十一時三十五分（三限目）雨』


——という一連の話を、余すことなくホンちゃんに打ち明けていた。

「それで、朝学校でこっそり渡したんだけど——」

「こっそり？」

ホンちゃんは即座にそう返す。誤解されるかもと思って、すぐに弁解する。

「なんとなく朝忙しそうにしてたから……！」

「ふーん。まるで彼氏彼女みたいだね」

「い、いや、そ、そんなこと……」

自分の声が小さくなるのを感じる。

彼氏なんて言われると恥ずかしいし、何よりも私とそんな風に思われること自体が山田くんにとって嫌だったりするんじゃないかと思った。でもきっぱりと否定するのもそれはそれで失礼な気がする。反応に迷う。答えがでなくて、何も言えなくなった。

ただそうして少し黙っていると、さっきまで尋問官のようだったホンちゃんは、少し口調を和らげて言った。

「だけど、良いことあったにしては悩み顔だけど、一体どうしたの？」

やっぱりホンちゃんは察しが良い。私と山田くんのことに関しては、時折きっぱりと言い当ててくるのはなぜだろう。

私はそれですぐに自分の抱えていた不安も白状した。

「その本なんだけど……。昨日七巻を読んでたらちょっと不安になって」

「え？　どういうこと？」ホンちゃんはきょとんとした顔になった。

「……山田くんに貸した本、本当に面白かったのかなって」

「面白かったから布教したんじゃないの？」

ホンちゃんは、今度は猫の睨《にら》み顔みたいに目を細めた。

「そのつもりなんだけど。いざ読んでみたら、もしかしてあれって、中学のときに読んだから楽しめたのかもって……」

「ああ、なるほどね」

「いま読むと記憶よりずっと話が荒っぽかったっていうか……」

最新刊は何年も待ってようやく出た作品だった。

ウキウキしながら帰ってすぐに読み始めると、なんだか拍子抜けしてしまったのだ。

強引な展開が多くて、掘り下げが弱いまま雰囲気で進むところもあった。かっこいいと思っていたキャラクターの言っていることが少し子供っぽい言い分に感じたり、書かれている考え方はなんとなく少し古いものに感じたりした。

面白くないわけじゃない、と思う。

だけど、昔よりも冷静になって読んでしまう自分がいた。

「それで一応さっき調べてみたんだけど、やっぱりネットでもけっこう言われてて」

私はホンちゃんに、そのページを開いたスマホを見せた。

「……どれどれ？」

それから載っているレビューを、ホンちゃんはすらすらと音読する。

〈良くも悪くも小説を読み慣れてない中高生向けです。緻密な世界観やリアリティは考えない方が良い〉

〈嫌いじゃないけど星二つ。最後あっけなさすぎて笑った〉

〈どこが良いのか全然わからん。突っ込みどころばかり気になってしまった〉

良い評価も多かったけど、無視できない数だけ、こういった評価が書かれていた。少なくとも大絶賛という感じではない。

「わ～悪意あるなあ。重箱の隅つつくようなコメントもあるし」

ホンちゃんが苦い顔をして言う。

「でも、これ私にもちょっとわかる気がして……」

「クソコメレビュアーの気持ち？　ストレスになるなら読むのやめちゃえば？」

「いや、ちゃんと面白いところも多いし、昔は好きだったからまだ続きは気になることもあって……。それに、そういうことじゃなくて……」

私も読むのをやめたいわけじゃない。

これからも最新刊が出たら楽しみで手に取ると思う。期待通りになっても、期待を裏切られたと感じても、それはそれで良いから、とにかくこの話を読みたい。

私のなかで、中学生のときの感想と違っていたことは少し辛《つら》い。思い出が強烈に膨らんで、ただあのときはその影響で一人で舞い上がっていたみたいで不安になる。

私は中学生のときには夢中になっていた物語を楽しめなくなっている。それって話を純粋な気持ちで楽しめなくなったみたいで、何かわからないけど凄く損なことのようにも思ってしまう。

でも、もうひとつ——心配事というか、問題もある。

「そういうの、ちゃんと確認もしないで山田くんに本を貸しちゃったのが申し訳なくて」

「あ、そういうこと！」

「だって、せっかく薦めたのに、時間を取っちゃうかもしれないし、つまらないと思われたりしたら怖いし……」

ホンちゃんは「そこまで考えなくてもいいんじゃないの」と思っている気がした。なんとなくそういうときの他人の目はわかる。

でもそこまで言うと、ホンちゃんはだんだんと真顔になった。

「心配いらないと思うよ。そもそも山田読み終わらないいんじゃないかな」

「え？」

「山田にあんま本を読むイメージないんだよね。もし読み終えてつまらないと思っても自分の読書経験不足だと思いそう」

「そうなのかな……」

読み終わらない。

……だとしたら、それはそれで寂しい気がした。

読んでいてほしいような、読んでいたら怖いような、どっちに転んでも少しずつ不安や寂しさがあるような感じがして、落ち着いていられない。

だけど、どうなんだろう。ホンちゃんは知らない。

本を借りたいと言ったときの山田くんの、本当に興味ありそうな顔。あの感情に少しでも嘘や間違いがあるとは思えなかった。

山田くんがなんとなく答えて、結局読まなかったら……それは正直ちょっと凹む。

でも少なくとも、貸したあの本が面白いのか、いまのうちに確認しておきたかった。それで微妙そうだったら、ちゃんとメッセージを送っておきたい。

——そうだ。

私は、あることを思いついた。

B面：「山田が小説読んでたんだけど」

『2年7組教室：十一時三十五分（三限目）　雨』

読み終わった！
ぱたん、と本を閉じた手が震えていた。
いや違う。手だけじゃない。身体《からだ》ごと震えていた。
……これは現実か？
本当に、この俺が、小説を、一冊、……読み終えた？
作者のあとがき！　発売日とかいろいろ書いてあるページ！　裏のバーコード！
すごい。確かに全部見た。そして全部が初めて見る光景だった。
なんかいま、知らない世界が開けた感じがしてる……。
この続きも読めるのか？　この話はこのあとどうなるんだ？
いろいろな期待や想像が浮かんだ。
そして、はっと気づいた。

ここは自習時間のカオスな教室だった。女子が教室の後ろで音楽をかけてダンスを撮影してるし、男子がスマホゲームのガチャをみんなで一斉に引いて大はしゃぎしてる。

どこかから、誇張したゴマポンの物真似《ものまね》と、爆笑が聞こえて我に返る。

自分もいつもならあっち側なんだよなあ。

カッコよく決まった谷の後ろ髪が見えた。

谷は静かに勉強している最中みたいだった。

邪魔かもしれないけど、思わず谷のほうに行く。

「谷！　谷！　谷！」

ついつい三回呼んだ。速足《はやあし》で谷の席の右手に向かう。

谷がこちらを見る。「……どうしたの？　なんか嬉しそうだけど」

「俺、嬉しそう？」

「うん。そう見える」

言われて気づく。笑っている自分に――。

「かもな！　だって俺、本を一冊読み終えたんだぜ！」と、親指を立てた。

「…………」

谷が数秒、考え込んだ。

「……凄いね」

「あー。さてはいま、大したことないって思っただろ」

「いや、そういうわけじゃないけど……」

「……そうか？　まあいいけどさ」

それに、このあっさりした反応も当たり前かもしれない。

谷は図書委員だ。本を大量に読み込んでいるに違いない。

だから、谷ならこの本を語れるかもしれないと思って話しかけたんだった。

「谷はこれ、読んだことある？」

読んだ本を見せると、谷は表紙をじっと見た。答えを待ってみる。

「……うん。中学のときに」

「すげーな。中学んときに読み切ったんか」

「まあ、うん」

「でもこれ続きモノだろ？　何巻まで読んだ？」

「三巻くらい……」

「すげ！　三巻も！」

「うん。でもそのあとも続き出てるから、そこまでしっかりとは……」

そういえば西さんも中学のとき読んだと言っていた。

考えれば、これだけ面白い本に出会えていたら、中学のときの俺でもちゃんと一冊読み切っていたかもしれない。

確かに二人は凄い。でも俺も凄い。なんなら中学で読んでいた場合の俺も凄い。

「なんか面白いよなー、これ。語ろうぜ！　……あ、二巻から読んでないからネタバレなしで」

と言うと、谷は少しだけ「うーん……」と首を傾けた。

「うろ覚えだけど、この小説は壮大な世界観が良いよね」

「わかる！　すげーよな！　世界観！」

「ファンタジーだけど読みやすかった。物語にも謎《なぞ》があって続きが気になった」

──わかるぞ、谷！　わかる！　すっげーわかる！

「ちょっと引っかかる部分もあったけど、面白いと思って読んだ気がする」

そう言われたとき、「ん？」と思った。

「引っかかった部分って？」

「……ああ、うん。敵国の王が悪事を働く動機がただの快楽で人間味がなかったり、ラストがちょっとあっけなかったりとか」

俺はすぐに言い返す。

「でもファンタジーってさ、そういうもんじゃね？」

「そうだけど、面白いから細かいところが引っかかったっていうか」

「………」

「僕も当時は夢中で読んだんだけど……」

谷は、言葉を選ぶみたいに考えながら話す。

「でも、そういうところで少し現実に戻ってしまったから、そこが惜しいみたいな感じだと思う。……そこだけもう少し違ってたらもっと楽しめたと思うし」

「あー。なるほどなぁ」

顎《あご》に手を当てて考える。

言われてみると、俺も読んでるときに、ところどころ「あれ？」となったかもしれない。

そのいくつかは谷が言ったのと同じだと思う。

……でも言葉にできないから、あんまり難しく考えずに流していた。

そのちょっとの違和感を、谷は言葉にしたんだろう。

たぶん、谷の意見は正しかった。

だけど、何かいま、魔法の世界から現実に戻されたような気もした。

俺のなかで実際にあったはずの世界が、誰かが創ったものになったように感じた、っていうか、そんな感じ。

それに……。

谷は細かく見てるんだな、と思った。

もしかして俺の読み方って、雑なのか……？

西さんが貸してくれた本の表紙を見下ろしてみる。

わくわくする表紙だと思う。

でも、せっかく西さんがあれだけ熱心に薦めてくれた本なのに、俺は谷みたいにちゃんと細かく見て考えることができなかったんだろうか。

俺にはわからなかった。


『2年8組教室：十二時五十五分（昼休み）雨』


わからないので、西さんに訊きにいくことにした。

わからないことは俺が考えてもわかるわけがないので誰かに訊こう。

誰かというのは、極力西さんがいい。

だから昼休みを待って八組に来た。

「ニッシなら図書室行ったよ」

いつも西さんと一緒にいる本田に訊くと、そう返ってきた。

本田は去年、同じクラスだった女子だ。要するに友達だった。

こっちをじっと見る本田は、なんかわからないけど、唇を内側に入れて震えている。

「どうした？　顔、変だぞ？」

そう言うと「ぷ」と吹き出した。そこからにやけ面が覗いた気がした。

が、すぐに本田は無理矢理作ったような真顔で、俺の顔を見る。

「――いや、なんでもない」

「急にスンとしすぎだろ」

「それより、あんたニッシに何か用があるんじゃないの」

「あ、うん。西さんに借りた本、返しに来たんだけど」

「どれどれ？」

そう言うと本田は目を細めた。

「それ、ちゃんと読めた？」

「これくらい読めるわ」

「本一冊こんな早く読み終わるようなタイプじゃないでしょ。借りたの今朝《けさ》とかじゃない？」

「だって西さんがすげえ楽しそうに薦めてくれたし」

本田は「ほお」と声を漏らし、意外そうな顔をした。

「だからとにかく西さんに早く感想伝えようと思って」

「じゃあ早く図書室行けば？」

「うん、そうだな、サンキュー！」

すぐにそう答えて、背を向けた。

背を向ける前の一瞬、本田がまた例の変な顔をしていたのが見えた。

——そういえば、借りた時期をなんで本田が知ってるんだ？

まあいいや。

廊下に出るとすぐ、ガパチョが妙に機嫌よく話しかけてきた。

何か特別良いことでもあったのかもしれない。

ただ、「急いでるから、悪い！」と返してすぐに退散させてもらった。

ガパチョについての説明は省略する。それくらい急いでいるからだ。

俺は図書室へ向かった。

『図書室：十三時〇〇分（昼休み）　雨』


まずはカウンターを見た。今日の当番の図書委員がこちらをちら、と見る。

一年の女子が二人いる。おとなしそうな眼鏡《めがね》の子と、少し元気そうな茶髪《ちゃぱつ》のショートカットの子だった。

「西さんっている？　図書委員の」と訊いてみる。

話しかけられて少し困ったみたいで、二人で相談しはじめた。

小さく聞こえる。「西さんって誰だっけ？」「ほら、二年の先輩」「あの黒髪の優しい人？」

「あんまり話したことないけど……」と相談していた。

そこまで話しているのが聞こえたあと、元気そうなほうの子がこっちを見て「あ、さっき見かけた気がします」と教えてくれた。

「西さんって、今日は委員の仕事じゃないの？」

「はい。今日の当番は私たちなので」

「あーわかった。ありがと！」

カウンター近くにいるかと思ったけど、別のコーナーにいるらしい。

図書委員の仕事で来ているわけじゃないみたいだ。

俺はたまに冷暖房や西さん目当てで来ることはあっても、それ以外では来ないから、図書室のなかを歩いて初めて「これだけ色んな本があるんだ」って知った。

けっこう楽しい場所かもしれない。

すると小説の本棚の〈ファンタジー〉と書いてあるコーナーに、背中をダンゴムシみたいに小さく丸めてしゃがんだ後ろ姿が見えた。

「西さん！」

ピャア――と、小さい悲鳴。

しゃがんでいた西さんは、バランスを崩して転んだ。

「大丈夫？　ごめん、驚かせた？」

「あ、山田く……」

聞こえづらかったけど、たぶん「ん」まで言っていた。

とにかく俺は手に持っていた本をすぐに西さんに差し出す。

「西さん、これ。借りた本読んだから返しに来たんだけど――」

そう言いかけて、西さんのほうを見た瞬間、「あれ？」と思った。

西さんがその手に持っていたのは、俺が借りたのと同じ小説だったのだ。

――なんでこんな本持ってるんだ？

いまここに、同じ本が二冊あった。

本棚を見ると、続きの二巻から六巻までそのシリーズが並んでいる。

よく知らない漢字でサブタイトルがついていて、何か壮大に見えた。

いまの俺の目には、それがなんだか秘宝の山に映った。

思わずそちらに話がいった。

「あ！　これ、もしかして本の続き？」

「あ、うん……」

「すげえ。サブタイめっちゃ壮大じゃん……」

谷はいろいろ言ってたけど、いざ続きが並んでいるのを見ると凄くわくわくした。

ただ、不思議になってもう一度西さんのほうを見た。

「でも、なんでここに？」

西さんは全巻持ってるはずだし、一巻は今俺が借りている。

すると西さんは肩を縮めて、〈図書室で話す用〉らしい小さな声で答えた。

「ちょっと、山田くんに貸してから気になったことがあって……」

——気になったこと？

西さんが気になったことが、気になった。

「向こうで、ちょっと話せる……？」

西さんにそう言われて、すぐに机があるところに向かった。

図書室の隅で、四人がけの机が空いていたので腰《こし》かけた。

すぐ目の前に西さんの顔がある。俺は少し呼吸を整えた。

顔にかかった前髪をぱっぱと避《よ》けて、西さんが口を開く。

「ごめんなさい、山田くん」

口を開いてすぐに、西さんはそう言った。

でも、謝られる心当たりが全然ない。

「……ん？　何が？」

「もしかしたら変な本貸しちゃったかもしれなくて」

「え？」

「実はわからなくなって……。貸した本が本当に面白かったのか」

「いや、すっげー面白かったよ!?」

「……そう？」

西さんは、俺の感想にそう訊き返した。

ちょっと期待をこめたみたいな言い方に聞こえた。

「うん。なんか世界観すげーし、謎が多くて続きが気になったし……」

感想を言ってみたら、どっかで聞いたことのある感じもある。

でもまあいいや。俺の結論を言う。

「とにかく、なんか面白かった！」

あの本は、なんか面白かった。なんかだ。なんかなのだ。

いろいろ理屈はあるかもしれないけど、俺の場合、その一言に尽きる。

そう感じた俺の気持ちに嘘はないと思う。

説明できる人間はそれはそれで凄い。

でも俺なりの物語の感じ方、みたいなものはある。

だってここで次の巻を見たら楽しみになったから、それだけで充分だ。

西さんは不安そうな顔のまま目線を下にやった。

「それなら良かったんだけど……」

「え？　俺の感想、変かな」

そう言うと、西さんはこちらを見た。

「浅かったとか…」と付け加える。

するとすぐに西さんは「違くて！」と答えてくれる。

何か、たぶん難しいことを考えながら西さんは続けた。

「もし山田くんが全然楽しめてなかったら、貸して時間を取っちゃって悪いかな、と……思いまして……」

それを聞いて、ここにいた理由が俺にもわかった。

「あ！　まさかそれで図書室にこの本があるかチェックしに来たの⁉」

「だって、もし思った通りの変な本で山田くんの時間取ってたら悪いし！」

「そこまで考えなくていいって」

「……いや、でも」

「……でも、ありがと」

考えすぎで優しすぎるかもしれないけど、そこが西さんのいいところだと思う。

なんだかそれ聞いたら、ほっとして笑えてしまった。

「………」

でも西さんはしばらく黙ったままだった。

「でも昔読んだときはすごい好きと思ったんじゃねーの？」

ちょっと気になったことを訊いてみた。

「うん……。中学のときに本屋さんで見かけて、表紙とタイトルが気になって、おばあちゃんにもらったお年玉を使って読んだの……」

「へえ。思い出の本なんだ」

「うん。そんな感じ……」

ああ、そうか、わかってきた。

だからちゃんと自分の思い出を確認したかったのかもしれない。

この本で初めて徹夜したとも言っていた。

それだけ小説に思いっきり入り込んだ時期があったのだ。

そのときの気持ちがなくなっていることに気づいたら、どうだろう。

──なんかそれ、俺にもちょっとわかるかもしれない……。

ふとそんな風に思った。

「ねえ。そういえばこの間、一緒に芸人見たじゃん?」

何も考えず、すっとそう話してみた。

「え、あ……」

西さんは少し慌てながら「なんでそんな話を始めたの?」みたいな顔をした。

俺も考えなしに話を始めてしまった感じがする。

でも頭のなかでなんとなくこの話と繋がってる気がして、とにかく話した。

自分でもわからないことは、適当に話していればなんかわかってくるときがある。

わからなかったらそれでいいやと思った。

「あの芸人、小学校のときは超面白くて、あの芸人がテレビ出るとめっちゃ笑ってたんだけど、なんかこの前見たら全然面白くなくてさ……」

「え？　山田くん……普通に笑ってなかった？」

真剣に不思議そうな顔でこちらを見る西さん。正直に答える。

「うん。吹き出した」

「じゃあ笑ってるじゃ……」

そこまで言って、んっ、と西さんが声をこぼした。

「……いまの笑う？」

「だって、状況が矛盾してるんだもん……」

「いやなんか！　ネタが面白いっていうより、懐かしすぎてもうそれだけで笑えたんだよ！　そういうのってあるじゃん」

「そうかな……」

「西さんだって理由もなく笑っちゃうときあるだろ？」

西さんは、はっとしたみたいで今度はまじまじとこちらを見るような顔をしていた。

「まあ、言われると……」と俯《うつむ》いて顔を赤くする。

その表情を見ていたら、俺も顔が熱くなる。

それで少しだけ視線を横に向けた。

「でも俺だけ笑ってたら寂しいって言うか、そんな気持ちになるし。そのときたまたま西さんが近くで笑ってたから……」

自分の声がどんどん西さんみたいに小さくなっていくのがわかった。

それからだんだんと頭に熱がこもって、喉《のど》が嗄《か》れたみたいになった。

「それで俺も……ちょっとほっとして、なんか嬉しかった……」

たったそれだけ伝えるのに、いま凄く力を使った気がした。

西さんは答えない。

「それってさ、なんかすげー良いことじゃね!? 芸で笑わせてるわけじゃないけど、別の理由で笑わせたり、楽しませたりしてるんだし!」

「山田くん、しーっ!」

西さんに思わずそれだけ言われて、周りを見る。

図書室は静かにするべきだったのを忘れてた。

声のトーンを落とす。

「だから、なんていうかさ……。自分たち以外、誰も笑わなくてもいいじゃん？　そういう理由で楽しまれてもさ。この本もそうだと思う」

「………」

「……少なくとも俺、この本読めてよかったし、西さんと話せること増えて嬉しいよ」

中学のときの西さんがどんな子なのか、俺はあまり知らない。

でも聞かなくても、本を大事に読んでいたことだけはわかる。

そしてこの本を読んだら、そのときの西さんの気持ちがわかった気がする。

全部はわからないかもしれないけど、それでもちょっと気持ちが上がる。

見ると、西さんは真剣な表情で考え込んでいた。

顎に手を当てて、研究中の博士みたいだ。

「……そうかも」

西さんの声は自分に言い聞かせて納得した、みたいな声に聞こえた。

「本や芸として面白いかも大事だけど、それをきっかけにして同じ体験ができたり、思い出ができたりすることの良さもあるのかも……」

「あるって、絶対」

「うん。……ありがとう、山田くん」

そう答えた西さんの顔は、いままで考えていた悩みが一気に晴れたみたいだった。

――めっちゃ笑ってる。

なんか、良い。

西さんの悩みがなくなっていくのが嬉しい。

それがちょっとでも俺のおかげだったらもっと嬉しい。

それから俺は、西さんの手に本を返す。

「西さんこそ、この本ありがと」

自分の手を離れると読み返せなくなって、ちょっと惜しい気持ちさえ湧いた。

でも、いま自分の心に残ってるものを西さんに伝える。

「本当に、すっげー面白かった！」

俺には、今日まで本の思い出なんてなかった。

本を読むのは苦手だし、正直読み終えるには才能が要ると思ってた。

図書室や本屋にあるどの本も何百ページかあって、全部分厚く見えた。

読書感想文も正直全部勘で書いてたし、小学校の朝読書もただ開いて眺めるみたいにして、やり過ごしてた。

だから西さんが薦めてくれたこの本も最初、「頑張って読もう」と思っていた。

でも、少し読んだら話に引き込まれて「どうなるんだ?」と思ってめくり続けて、気づいたら最後のページだった。

そんな俺にも、この三日間で初めて本の思い出ができた気がした。

面白いとかつまらないとか、出来が良いとか悪いとかは全部通り越して、ただそのことに感謝していた。

西さんは、自分の手に返ってきた本を小さな手で抱えるように持って、小さく笑った。

「山田くんが面白いって思ってくれて、なんか……嬉しいな」

そのとき、ズギュン、と何かが胸に刺さった音が頭に響いた。

でも現実の音じゃなかった。

漫画の大ゴマや映画のラストシーンを思い出す。

真っ正面に、無邪気に自分に向けられていたみたいな笑顔だったからだ。

しかも西さんは一切照れたりしていなかった。

――いつもと、ちょっと違う……。

上手く言えないけど、心から自然と湧き出てしまったみたいな笑顔だった。

だからその笑顔にどきりとして、見惚《みと》れてしまう。

ショッピングモールのときにうっかり「かわい～……」と言ってしまったのを反省して、今度はうまく封じ込める。

さすがに俺でもわかる。

――いま言ったらガチすぎる。

直感でそう思ったのに、口は開いていた。すぐに軌道修正しよう。

「あのさ……。あとでまた、この本の話しよう」

自分のファインプレーに安心した。

西さんが「うん」と答えた瞬間、俺の顔も自然に笑顔を作った。

「放課後、晴れるかなぁ」

「どうだろうね」

雨宿りの時間が長引いてくれるなら晴れないでほしい、とちょっとだけ思った。

断章 2

「本田さん、今日はお昼誘える空気じゃないね」

『職員室前廊下：十三時五分（昼休み）　雨』

「失礼しましたー」

そんな挨拶とともに職員室を出た。

昼休みの職員室は、相変わらず先生たちが忙しそうだ。教職だけは、将来の選択肢から絶対に外しておこう。

——……だけど、なんで私が毎回こんなに面倒なことをしなきゃならないんだろう。

四限で使った教室のプロジェクターの鍵を職員室まで届けるのは、学級委員の仕事のひとつだった。私がそんな面倒な役を引き受けているのは、風邪《かぜ》をひいた日に勝手に学級委員の座に収まっていたからだ。それも完全な事後報告。

委員の仕事のなかでも、鍵を返すのは楽といえば楽で、べつに大声を出して怒るほどのことじゃない。でも私の休み時間を毎回一分でも削っていって、そのあいだ私に押し付けた人たちがみんなワイワイ遊んでいると思うと、些細《ささい》な「イラッ」は湧いてくるし、それは毎回どんどん募っていく。

ただ、そんな感情がちょっとでも表に出ると学校生活色々と不都合が増えそうなので、ある程度抑えておく。

だから頭のなかと、親しい友達にだけ、少し愚痴を言う。押し付けられたんだから、そのくらいの権利はあるはずだと思う。

——そうだ。毎回こうして面倒ごとをやりきっている御褒美に、推しの配信で癒やされよう。


動画を観ながら教室に向かって歩いていると、ふと目の前に図書室が見えた。

——そういえば、山田《やまだ》はニッシに会えたんだろうか。

ニッシを捜しに図書室に行くと言っていた。

あまり干渉する気はないけど……それは少し気になった。

ニッシは私にとって珍しく、一緒にいて心地好《よ》いと感じるクラスメイトだった。

私は、私にとって無神経や身勝手に感じる相手とは、深く付き合わないことにしているけど、彼女はその例外で、それだけに少しずつ進展する彼女の恋の顛末《てんまつ》に興味と心配があった。

山田も同様だ。去年のクラスメイトのなかで、当初は周囲への距離感がおかしな男だと思ったことがないでもない。しかし、裏表がないってわかるから、いつの間にか警戒しなくなっていた。

しかも、ニッシのために本を一冊読み終えるなんて、正直驚いた。

私も山田のことをなんでも知っているわけじゃない。というか、ただ単純すぎて徹底的にわかりやすいから知っているだけだ。そしてその単純すぎて徹底的にわかりやすい山田エピソードが、今日また更新された。

ニッシのために苦手な読書をしている。

――思考回路わかりやすっ！

単純すぎて可愛《かわい》い。

だからって、目の前に図書室がなければ二人がどうなっているか覗《のぞ》きはしない。

でも、いま目の前には図書室があった。

そっと入って、すぐにニッシと山田の姿を確認すると、私は本棚に背をぴたりとつけた。

そして忍《しのび》になった気持ちで、静かな図書室に響くふたりの声に聞き耳を立てる。

「山田くんが面白いって思ってくれて、なんか……嬉《うれ》しいな」

ふたりは私に気づかないまま、机を挟んで色々と繰り広げていた。

「あのさ……。あとでまた、この本の話しよう」

――よし。去ろう。

唇《くちびる》が、痛い。

心から「失礼しました」という気持ちで図書室の扉を閉めた。

心配は全然いらなかったみたいだ。ここから先の興味は尽きないものの、いまこの空間はたぶん、あのふたりだけのものだ。

……ただ、あとでニッシ本人の口から、ちゃんとどうなったか訊《き》いておこう。


『2年8組教室：十三時一〇分（昼休み）雨』


それから一人で淡々とお弁当を食べた。

普段、男女問わずクラスの人間から「本田ちゃーん、そっちで一人で食べてないで一緒に食べようよー」と誘われるときもあるけど、今日はその手の誘いもなく、のんびりしている。

良いものを垣間見たせいか、今日のおかずが格段に美味《おい》しい。

ニッシと食べるお昼ご飯も良しとして、たまにはこうして落ち着いて一人で食べるのも凄《すご》く良かった。

やっぱり、一人は落ち着く。私にとってこの時間も趣味のようなものだ。

しかしお弁当を食べていると、不意に後ろからトントンと、肩《かた》を叩《たた》かれた。

誰だろ、と思って振り返ると、ピンク色に染めた髪《かみ》が見えた。その姿だけで誰なのか、用件は何なのかもすぐに察する。

「あ、あの……教科書、西さんに返しに来たんですけど……」

そこにいたのは、七組の、私が〈おもしれー女〉と思っている生徒だった。

名前はまだない。……わけではないのだろうけど、知らない。

彼女は、この派手な見かけとは裏腹に、図書委員の飾り気のない眼鏡《めがね》の男子、谷《たに》くんと付き合っているらしい。巷《ちまた》で実在が疑われている〈オタクに優しいギャル〉に近いかもしれない。

「たぶんすぐ帰ってくるので、そこの机に置いといてもらえると」

私は非実在ギャルにそう言う。

「あ、ハイ！　じゃあ、これシャーペンの先っぽもつけずに絶対汚さないように使ったんで！　西さんが戻ってきたら、よろしく伝えておいてもらえると……！　そ、それじゃあ、また……！」

おもしれー女は何か大袈裟な身振り手振りでそう言いながら、ニッシの机に英語の教科書を丁寧に置き、少し駆け足で廊下に向かっていった。

その後ろ姿をなんとなく目で追う。

すると、彼女が向かった先には眼鏡の男子生徒が立っていた。

「谷くん、お待たせっ」と聞こえた。

——ん？　谷くん？

谷くんとは絡みはないが、見かけは知っている。しかし、私には一瞬それが知っているはずの谷くんという生徒だとわからなかった。

何しろ髪型が変わっている。

——え？　なんだ？　イメチェン……？

非実在カップルだと思っていたのが、二人並ぶとそこまで違和感のないカップルに見えた。

だけど、あれだと少しつまらない感じもするのは、私だけなんだろうか。


『2年8組教室：十三時十七分（昼休み）雨』


「あ、ホンちゃん。ひとりでお弁当食べてたの？」

入れ違いに、ニッシがスキップまがいの足取りで戻ってきた。

その顔にいつもより陽気な笑顔を隠しきれておらず、それでいて何やら取り繕うような、慌てた様子だ。

　事情を察した。

「えっ!?　もしかしてホンちゃん、怒ってる？」

　そういうわけじゃない。あんな清純派少女漫画なやり取りや反応を間近で聞かされて、この感じで帰って来るなんて。ニヤニヤを抑えている表情がニッシからそう見えてしまったらしい。

　私は口元を隠すように「んんーっ！」と咳払《せきばら》いをしてから、ニッシに訊く。

「……で、どうだったの？　ニッシ」

「え、何が」ニッシは焦っている。

「もちろん、図書室で山田と会ってどうだったかって訊いてるんだけど？」

　なるべく相手に圧がかかるような表情を作る。怯《おび》えた子羊のようになったニッシを静かに睨《にら》みつけて、吐かせようとすると、すぐに答えた。

「ああ、えっと！　それはね……」

　ついさっきのことを思い出したようで、軽く俯《うつむ》くニッシ。

　……それからニッシから、事の顛末をほとんど訊くことになった。

　一部のことは伏せて話しているような感じはしたものの、結論から言えば、ニッシの話した内容は私の想像よりだいぶ初心《うぶ》なもので、数日前にタイムラインに流れてきた小学生の幼馴染《おさななじみ》同士を描いた四ページ漫画のようだった。

——しかもさっき通りがかっただけに、脳内に光景が浮かぶ！

「——痛っ!!」

ニヤニヤを誤魔化すために巻き込んでいた唇が切れてしまった。

「大丈夫!? ホンちゃん！」

「大丈夫……」

「血ぃ出てない？ ティッシュとかリップあるよ？」

ニッシがポケットティッシュを差し出して、さらに今度は小物入れからリップを探しはじめていた。幸い、血は出ていないのを手で確認する。それにしても。

——めっちゃ良い子。

外は薄暗いけど、彼女の優しさは眩《まぶ》しいとさえ感じた。二人を覗きに行ったことに、さすがに一抹の後悔が過《よぎ》りはじめる。

「ありがとう……。この痛みは私自身への戒めとして受け止める……」

「え!? 何を言ってるの!?」

それはわからなくていい。ただ、すぐにニッシに言った。

「ニッシ。放課後に感想会するなら先帰っとこっか?」

「え! 私、そこまで話したっけ……」

話してない。それは私が図書室で聞いていた話だ。

「今日はホンちゃんと約束してたから、別の日に変えてもらったの」

鉄は熱いうちに打ったほうがいいと思うものの、先にした約束を気にしてくれていることに正直ちょっと嬉しくなってしまった。

そんなことを考えていると、先ほどまで静かに環境音のような音楽を流していた校内放送が、なぜか突然音量を上げた。マイクが調整されるような音が鳴りはじめ、放送室にいる誰かが何かをやろうとしている感じがした。

「……ん? 何これ?」

「うん。どうしたのかな――」

ピアノの音が流れはじめ、教室がざわざわする。何だろう。

――ハッピーバースデー?

流れていたのは、誰かの誕生日を祝う定番の曲の、ピアノバージョンだった。たまに飲食店で突然流れだすときみたいなタイミングで、それが流れた。みんなきょろきょろしている。

もしかして今日は誰かの誕生日、なんだろうか。
私はニッシと顔を見合わせながら、ピアノの旋律に耳を傾けた。

第３章

A面：「平くんって、クールっていうかさ、」

B面：「東、なんか考え事？」

『2年7組教室：十三時三十分（昼休み）　雨』


中学のころ、連絡ノートという日記が担任から配られたことがあった。

その日の出来事を数行だけ記入して担任に報告するようなノートだった。たぶんイジメとか悩みとかそういうのを学校がちゃんと把握するためのものだったのだと思う。

……ただ、数か月もすると提出する生徒は激減した。義務だと念押しされても提出しない生徒は増えていき、それからどれだけ担任が注意しても提出率は下がったまま、いつの間にかそのノートは、存在を忘れ去られた。

原因は、ネタ切れだった。

三行や四行も書けるネタを毎日持っている人間なんてそういない。学校生活はいつも代わり映えせず流れていって、一日は大した特別感もなく過ぎる。だからたった数行のネタもすぐに枯渇してしまうほど毎日はありきたりで、結局みんながノートを出さなくなってしまう。

今日の昼休み——。

突然校内に流れたハッピーバースデーの歌は、俺にそれを思い出させた。

校舎の階段のほうから歌に合わせた手拍子の音やクラッカーの音が聞こえて、ああ、あれはすぐに〈誰か〉が〈誰か〉に向けて流した歌なんだと気づいた。

あんな特別な報《しら》せがあれば三、四行なんてすぐに埋まって、やった人間と、受けとった人間にとって、今日は忘れられない一日になるのだろう。

一方、やっぱり俺にとっては今日はなんでもないまま過ぎていく。連絡ノートに書くネタのない一日のままだった。

だって俺は、誰にも今日が自分の誕生日だと伝えてないんだから。

教室は自習時間よりも少しだけざわついていた。

話題に飢えたみんなにとって、放送室から流れたハッピーバースデーの歌は、暇つぶしの材料としては充分だった。人の噂《うわさ》に興味がない生徒はずっとスマホを見ているし、人の噂が好きな生徒は延々その話を広げ続けている。

ガタいの良いイガグリ頭の学級委員、盛本《モリモ》が調子の良い声で話しているのが聞こえてきた。

「え？　マジ？　お前も来週誕生日なのかよ？　おめでとー」

よそのクラスの知らない男子が、昼休み終わり際のうちの教室に紛れている。そいつとモリモが話していると、女子の学級委員のミニがすぐそばにくっついていた。

よそのクラスの知らない男子はモリモとミニや他の友達に拍手されて照れている。

――祝われる奴《やつ》は、来週の誕生日でも祝われんのか。

俺はそんなクラスのみんなを横目にしながら、昼飯のゴミとペットボトルを分別して、教室のゴミ箱に入れに行く。するとちょうど廊下から戻ってくる鈴木《すずき》と鉢合わせた。

「あ！　平、聞いた？　さっきの曲、三年がやったんだって！」

「ああ、さっき渡辺《わたなべ》から聞いた」

「私もナベから聞いた！」

「……なんかあれ、三年の星《ほし》先輩が、彼女の誕生日祝うためにやったんだろ？」

「らしいねー」

「校内《ウチ》の有名人ってやつだよなー」

「そうそう。なんか、サッカー部の部長なんだっけ？」

三年のことはあまり知らない。まして帰宅部の俺たちからするとあまり特別な存在でもない。ただ、それでもなんとなく耳に入る人間はいる。

星先輩は学年の中心的な存在で、サッカー部の部長で体育祭では必ず応援団長になっている。そんな立場上、なんとなく学年内とか部活内とか、そういう内側では何をしても許される空気になっている。それを自覚しているから校内放送を使って彼女にサプライズなんてことができるし、内輪はそれで大いに盛り上がる。

ふと考えて、口を開く。

「あれやられて素直に喜べる奴って凄《すご》いよなぁ……」

鈴木が「え？」と呆《ほう》けた顔になった。

「……女子はさ、ああいう公開サプライズみたいなの、嬉《うれ》しいのか？」

今度は苦い顔をした。「平、まさか誰かにやるつもりなん？」

「違う違う。気になっただけだっての」

「ああ、うーん……。どうかな。程度によっては超嬉しいけど、正直アレだと恥ずかしさが圧勝しそうじゃない？」

「……だよな？」

そう訊《き》くと、鈴木は恥ずかしそうに谷《たに》の席にそっと目をやった。

「まあうちは関係ないかな」

「谷はそんなのしなそうだしな」

否定したのに、鈴木は「えへへへー」と笑いだす。

――ケッ。

内心でだけ悪態をつく。

そんな話をしていると谷がちょうど自分の席に帰ってきた。鈴木はそれを見た瞬間、慌てたように俺に手を振って、「あ。じゃ、そんな感じで」と席に戻っていく。

どうやら俺は、谷と話すまでの繋《つな》ぎに話しかけられたらしい。まあいいけど。

しかしとにかくその繋ぎの会話で一個知れたことがあった。

――やっぱり恥ずかしいんだよな……、サプライズって。

それを思うと少し自分の奥歯のあたりに熱がのぼっていくような感覚があった。

さっき、あの歌が流れた瞬間、俺はすっかり忘れていた自分の誕生日を思い出して、意識していた。そして「もしかして」と一瞬ドキッとしたのだ。

もしかして自分が祝われてるのかもしれないし、もしかして誰かが気づいて祝ってくれたのかもしれない。だとすると、もしかしてあいつらが。

山田とか渡辺とかはそういう派手なノリも好きそうだし、あいつらは良い奴だからそういうことを無邪気にできるような気がする。

俺は一瞬、「恥っず！」と思った。

一方でその瞬間、ちょっと顔がにやけてしまっていた。

あいつら、俺の誕生日に気づいてそこまでしてくれてるんだ、俺も忘れてたのに、とか考えて、どう突っ込みを入れようかと頭のなかで段取りを組もうとしていた。

祝われているのが自分じゃないと気づいたのは、その直後のことだった。

本当に恥っっっっっずいやつだった。

いま思い出しても自分が嫌になって、速足《はやあし》に席に戻ろうとする。

「——ん？　どうした？　平、顔赤くない？」

途中、ふとそんな声がして、そちらを見た。そこには、表情の変化に一番気づいてほしくない相手がいた。メイクで少し太くした眉《まゆ》がわかりやすくハの字型に曲がっていて、訝《いぶか》しそうに、こちらを見ていた。

東《あずま》だった。

ビー玉のような目は、怪訝《けげん》そうななかに興味も伴っていた。本当に周りから見てはっきりわかるくらい顔を赤くしてしまっていたらしい。

ただ、目が合ってすぐ、何か東と感情のピントが合ってしまったような気がして真下に目をそらす。女子の目をまっすぐ見るとき、意識を強く持たないと目線は落ちる。

「いや……。なんでもねー」

「うわ。人がせっかく心配してんのに」

「……え？　気味悪がってんのかと思った」微《かす》かに顔を上げた。

「いや、それもだいぶある。めっちゃ不気味だった」

東がそう断言すると、思わず「なんだよ」と嘆息まじりの声が出た。

もし本気で心配していたのだとしたら、「東が気味悪がっている」と考えたこと自体が東の人格否定であるような気がして、それはなんだか申し訳がない。だからそれなりに軽い一言だとわかって、ほっとしてもいた。

すると、東が自信なさげにもう一度口を開いた。

「あ、まさか――鈴木と間近で話したからとか？」

「それは絶対ねーよ」

「即答」

当たり前だ。鈴木は完全に友達の枠で、少しでも揺らぐ予感がまるでない。

それは生理的な直感みたいなもので、鈴木の親しい態度を勘違いしたことさえいままで一度もなかった。たとえば俺が誰かを好きになる、みたいなことがあったとして、相手は鈴木のようなタイプではないのだと思う。

「なんか平って、静かな子がタイプそう」

「べつにそんなこともねーけど」

「えー？　じゃあどういう系の子？」

「あー……。いや、っていうか」

「何？」

「なんていうか俺、そういうのあんまり考えたこともないわ」

歯切れ悪くそう返すと、「ふーん……」と表情を変えない東がいた。そこには少なからず、訊いたぶんの期待に見合う美味《おい》しい答えが返らなかったような気配があった。

喋りながらだんだんと変な汗が出ているのを感じながら、あとの東との会話を適当にやりすごすと、俺はすぐに席に戻っていく。

——なんだ、いまの会話。どう答えるのが正解なんだ？

正しい答えがわからないまま、困惑する。実際自分の好みのタイプみたいなものがまったくわからないのもそうだし、よりによって相手が東だと余計に返答に困ってしまった。

東と話すことには、いまだに少し妙な気後れがあった。

特にいまのような恋愛の話とか女子のタイプの話とか、パーソナルに踏み込んだ話題をするのはさすがに尻込《しりご》みしてしまう。

理由は、東がこの高校の同級生で唯一の同中《おなちゅう》だったからだ。

俺はなるべく地元から遠い高校を選んで同級生と離れようとしていた。

それでたまたま同じ選択肢を選んでしまっていたのが東だ。本当は一人で新しい生活を送りたかったが、同じ学区内で誰も選ばない高校なんてそうそうない。

正直、最初は唖然《あぜん》とした。

中学のころ、俺は太っていた時期があった。髪型《かみがた》も床屋のおじさんにお任せした結果、河童《かっぱ》の皿のようになってしまっていたのだ。

女子からはあからさまに避けられ、あまり同性の友達も作らず、クラスのカーストの下のほうで目を泳がせている男子。それが中学までの俺だった。

色々あって痩せたり髪型に気を遣ったり、身だしなみを整える努力はしたが中身は変わらないし、過去の記憶が消えるわけではない。

そのときの俺を知っている人間がいたことで、今度は変わったことが怖くなった。

東はべつに、当時俺に何をした人間というわけでもない。けれど、誰かと一緒にはしゃぐ自分を、あのときの俺を知っている東はどう思うのだろう。

変わったことも、みんなとはしゃぎたいのも、俺の意思だ。

俺自身が意思を持って選んだ現状を誰かに笑われることは、俺のやることすべてが全否定されることだ。過去と現在を比較してジャッジできる東の目は、怖い。

だからいちいち、「いまの俺の一言に、東はどう思ったのだろう」、「これを言ったらどう思うのだろう」、「過去の俺との違いを笑ってないか」と、向こうの基準に当てはまったかどうかを気にして、クラスの上層にいる誰かが他者を見下ろすときのような感覚を、東の纏《まと》う空気で思い出してしまう。

……ただ。

最近ふと、その感覚がなくなったり、突然また出てきたりしていて、本当にわからなくなってくる。

——東って結局、どういう奴なんだ？

多少なりとも、俺の考え方や趣向に興味があるんだろうか。それとも東にとっては単に間を保《も》たせるための当たり障りのない会話だったのだろうか。どうあれ好みのタイプなんて明かしてしまったら、強力な否定が待っているような気がして、いまも答えられない。

思いっきり怯《ひる》んでいた。

そんなとき、山田《やまだ》がスキップまがいの足取りで教室に帰ってきた。

「あ、平！　……なあ、聞いてくれよ？　さっきガパチョがさー」

やたらと機嫌の良い山田が、嬉々《きき》として俺の席で話しかけてくる。

山田の場合は、放送室の話題よりももっと身内の話をしたいらしい。

山田の思考回路がどれくらい単純なのか、俺は一度覗《のぞ》いてみたい。

とりあえず、「へぇ……」と適当に相槌《あいづち》を打って聞く。

「でさー、何か機嫌良いと思ったらそんだけのことだったんだよ？　変だろ？」

山田の話には面白いオチもなかった。何も考えずに本能の赴くままに話して、ただ自分の嬉しさを共有したいみたいな、純粋さを俺に訴えかけていた。

だからと言って山田を嫌いになるわけじゃない。山田は根っこが明るいからか、全部を許せる。余計に良い奴だと思える。

こういう奴を見るたびに、思う。

「ディスコミュニケーションの根本的な原因は俺だ……」

小さく、結論が口に出た。

「え？」山田がきょとんとした顔でこちらを見た。「なんか言った？」

「……いや、なんでもねえ」

きっと周りに積極的に壁を作っているのは自分だ。さっきも東の内面を勝手に疑って、自分が傷つくことや笑われることを恐れて、何も動けずにいる。

対して山田みたいな奴は他人を疑わないし、自分の発言に悪意が返ってくる想定がない。

それはきっと、山田自身に人を疑う気持ちや悪意がないからだ。

よくわからない話をされたら不快に思うんじゃないか、という前提が山田にはそもそもない。山田は他人のどうでもいい話を、たぶん俺よりもずっと快く聞ける。

だから平気で話せて、だから慕われる。

それに対して俺は自分を他人に照らし合わせるから、他人が怖くなる。

俺は、教室の隅で肘《ひじ》を立てて、何か教室全体の本質を見つめているような恰好《かっこう》で、他人の視界に映り込むことを避けて、生きていた。

——そんなんだから、あんな風に人と誕生日を祝い合うことに縁がないのも当然だ。

嫌なことを不意に思い出した。

中学のときの誕生日も同じだ。

二年前も、今日と変わらない一日だった。

『回想・中学三年生の平』

「誕生日おめでとう！」

昼休み、教室で男子の席に向けて、クラッカーの音が鳴った。

校則上は持って来てはいけないはずのプレゼントの包みが渡されている。バスケ部のそいつが包みを開けると、他クラスの奴からもバスケットボールの形のマスコットや面白い形のサングラスを渡されて盛り上がる。平和なクラスのムードが教室を包む。

「…………」

でもその空気に溶け込まないように息を殺している俺がいた。

教室の後ろのカレンダーの、今日の日付。そこには俺とこいつの名前が書かれている。このクラスの担任がマメで、全員の誕生日をカレンダーに書き込んでいたからだ。

でもいざその日が来れば、ひとりは祝われて、もうひとりは視界にも入らないまま、存在しないことを強いられていた。

クラスメイトたちが俺に背を向けて、別の人間の誕生日を祝って手拍子をして、笑い声を放つ。輪を作っている制服の背中を見つめる。誰もこちらを振り返りもしないとわかったあと、机を抱えるように突っ伏して寝たフリをした。

なんとなく、察した。

たぶん誰かがカレンダーから見落としたというわけではなくて、認識したまま「平の誕生日はいいや」とスルーしたのだろう。

――俺も仲良くない奴から祝われたいとは思わねーし。

ただ、同じ日に誕生日の人間がいて、片方は祝われて自分だけが疎外されていることには、モヤモヤする。輪を作るそいつらの背中は立ち入り禁止の柵にも見えた。

「うちらのクラスさ、こういうのちゃんとやって本当仲良いよねー」

「わかるー。卒業しないでずっとこのクラスがいい」

そんな盛り上がる声を聞きながら。

その外の場所で、どこに視線を送ればいいのかわからない。


やがて教室にゴミを散らかしたまま全員が移動教室に向かうまで、俺の肩《かた》が誰かに叩《たた》かれることはなかった。

俺はそこらじゅうに落ちたゴミを拾いながら思った。

――なんで俺が、こんなこと。

この中学の人間には、盛り上がったあとに落としたゴミを片付けないところがあった。

これ以前にも、昇降口に散らかったクラッカーのゴミを拾ってゴミ箱に捨てたことがある。どうしてあいつらには自分がそこらに散らかしたゴミが見えないのだろう。不機嫌の原因は違うことのはずなのに、あいつらのモラルに原因をすり替えて腹を立てた。

――俺って、めんどくさいな……。

気づけば、勝手に拾って、勝手に心のなかで愚痴をこぼしていた。

この日のことは、結局拾ったゴミを乱暴にゴミ箱に捨てたところまでしか覚えてない。

だからその日も、連絡ノートに向き合っても一行も書けなかったのだ。

あのときの自分といまの自分は、何も違わない。


『2年7組教室：十四時〇〇分（五限目）雨』


五限目は古典だった。

さすがにもう、とても授業に集中できる時間帯じゃなかった。

昼飯を食べたあとの異様なだるさに加えて、午前のぶんの疲れ、気圧の変化、授業の特性、初老の先生の喋《しゃべ》り口などがちょっとずつ影響して、どうやって寝ずにやりすごすかに神経をすり減らす時間にさせられる。

そもそも、ただでさえ解読不能で眠くなる古語にこの時間帯に向き合えるのは、よっぽど好きな人間か、そこまでの授業ですでに寝溜《ねだ》めしている人間かのいずれかだろう。

窓際後方にある俺の席からは、そんな風に教室の風景を見渡すことができる。

前のほうの席を見ると、谷ですら微妙にうつらうつらとしはじめている。それでも集中しようとして、眼鏡《めがね》を直して黒板に目をやっているのだから、あいつは偉い。

鈴木は最初は背筋をシャキッとしていたものの、すぐに背が丸くなっていた。渡辺は肘をついているが、たぶん寝ている。東は一応ノートはしっかりとっている感じはするものの、わからない話をわかったフリして聞いている。山田は放課後を楽しみにしているように天井を見つめている。それからスマホを隠してゲームをしている奴もいるし、長い髪の内側にイヤホンを隠している奴もすぐにわかった。

俺は、というと。

——嫌なことばっかり、思い出すな……。

昼休みのサプライズメロディーを聞いてからずっと、いろいろと嫌なことがなかなか頭を離れず、それだけならまだしも、どんどん思考が枝分かれして、あらぬ方向に派生していくようになってしまった。

——誕生日だっていうのに、今日一日ろくなことがねえし……。

たとえば朝、登校してすぐにトイレで山田から水道の水を食らった。

わざとじゃないのはわかっているが、結果的にひとりだけ体操服に着替える羽目になった。今日はいちおう体育が予定されていたからかろうじて助かったものの、朝からとんでもない目に遭った。とりあえず制服をベランダに干した。

やがて一限目の歴史が終わって少しして、谷と話していると、女子たちが俺を挟んで「今日谷髪型いじってない？　そういう日もあるんだね～」などと盛り上がり始めた。

そう、俺を、挟んでいた。明らかに俺を貫通して、俺をないものとして扱って繰り広げられる会話に、だいぶ居心地の悪さを覚えた。

二限目の英語の授業中はこれといって何事もなかったものの、日直だった俺は授業の終わりに黒板を消すことになった。

ぼんやりしていて、軽く握っていた黒板消しが自分の手を離れて、頭に落ちてきた。「痛っ！　なんだよっ！」とつい反応したが、谷や鈴木など親しい奴がその場におらず、あまり親しくないクラスメイトが前の席で目を丸くしていた。

一人で勝手にボケて一人で突っ込んで滑っているやばい奴になってしまった。

そして三限目の自習になり、佐藤《さとう》に心配そうな顔で「……平、制服大丈夫？」と言われてふと自分の制服のことを思い出した。「やべ！」と慌ててベランダを見ると、ベランダでずぶ濡れになっているだけならまだマシで、雨の勢いか風のせいかベランダの外に落ちてしまっており、下まで取りに行くと濡《ぬ》れた上に土まみれになっていた。

もはや今日一日、乾くわけがなかった。

四限目の数学の授業中は何事もなかったが、谷に貸したワックスの蓋が開いてしまって、鞄《かばん》のなかのいろんなものに付着してしまっていた。

おかげでいま、私物の六割がべたべたしている。泣きっ面に、蜂だ。

冷静に考えると、めちゃくちゃ嫌なことばかり起きている。

ほとんどは完全に自分自身の不手際だったり、誰を恨んでも仕方のない話だったりするだけに、余計に釈然とせずにもやもやしていた。

そうして頭のなかで今日を呪っていると、気づかないうちに板書が進んでいた。

「――あ、やべっ」

慌ててノートにシャーペンを立てて、授業内容に追いつこうとする。

が、その瞬間、紙ではない柔らかい感触がした。そこには真《ま》っ新《さら》な裸の消しゴムが置いてあった。その消しゴムにシャーペンが深く突き刺さって、芯が折れていた。

全然気づかなかった。慌てて取ろうとする。

――げ。シャー芯が取れねえ……。

一度こうなると気になって仕方がなくなる。

こういう場合、シャーペンを使ってほじくり出すしかない。シャーペンを消しゴムに指したことが原因で発生した問題を、シャーペンを消しゴムに刺すことで解決しようとするのは悪手だ。それは頭ではわかっているものの、他の手段は思い浮かばなかった。

その手術は、みごとに失敗に終わった。

シャーペンの芯が使い終わり間際だったようで、残り僅かな芯がまた刺さった。

どうにかそれも取ろうとすると、今度は消しゴムのほうが崩れて、裂け目からボロボロと食べかすのようになった消しゴムの残骸があふれ出してくる。

――どうすんだこれ!

焦って消しゴムに集中していたら、突然教壇の先生に呼びかけられた。

「じゃあ、今日日直の平くん。これを訳してくれますか」

「え、あ、はい!」

咄嗟《とっさ》に名前を呼ばれて立ち上がる。……しかし、話題に挙がっていたのが教科書のどのページなのかもまったくわからないままだ。

何の問題の話をしているのか、推測することもできなかった。

「あ、えっと……」

時間稼ぎのようにそう言って周りを見回すが、返ってくるのは気まずい沈黙のみだった。

先生の険しい目がこちらをじっと見つめて、言った。

「さっきから手元に集中して聞いてなかったですもんね」

語気に、トゲがあった。クラス全体が押し黙る。こちらを見る奴もいれば、何も気にしてない風にノートや教科書に視線を落とし続けている奴もいる。

ただ、その迫力にシンとしている。

「手遊びでもしてたんですか？」

「いや……。えっと、消しゴムにシャー芯刺さって、取ろうとしてて、そっちに集中してしまったっていうか……」

ぷっと吹き出す女子の声がどこかで聞こえたが、空気に耐えかねて全員が黙った。

正直に答え、それからすぐに「すみません」と席に座った。

ひどい公開処刑だ。

——やっぱり、今日はついてない日だ。

それから「仕方ない。わかる人」と訊かれて、谷だけが手を挙げ、簡潔にその問題を答えた。なぜか、まるで俺だけが聞いていなかったような気がしてしまった。

『2年7組教室：十四時三十五分（休み時間）雨』


授業終わりの号令をかけて、五限目が終わった。

誰もが古典の授業の緊張感から解放されて、わいわいと休み時間モードに入る。各々《おのおの》、切り替えてそのときの気分に合った友人のもとへ歩いていく。

そんななか、東がすぐに俺のそばに来て、半笑いで言った。

「平せんせー。消しゴムの手術、成功した？」

「蒸し返すな」

反射的にそう答えた。東は笑い方から声色《こわいろ》まで、明らかに俺を弄《いじ》っていた。しかし、いまの反射的な突っ込みの瞬間、周囲の誰かがくすっと笑った。

そばで聞いていていただけの目立たない男子が、少し笑って目をそらす。しかし、それで少し浄化されたというか、自分の犠牲に意味が生まれたような感触がした。

東は、俺の机を見て、おそらく何の気なしに、ひょいと消しゴムを摑《つか》み取った。

「うわっ、何これ！　グロッ！」

シャーペンの芯でほじくり返した消しゴムは黒い汚れとともにぼろぼろに崩れ落ちてお

り、とても他人に見せられる状態ではない。

「もはやこれ、かつて消しゴムだった何かじゃん……」

「そこまで崩れてねえよ」また即座に言う。「俺の消しゴムの悪口言うな」

するとと渡辺と佐藤と鈴木と谷と山田がぞろぞろとこちらに来る。

最初から会話に入っていたかのように口を開いたのは、渡辺だった。

「でも消しゴムの手術で授業聞き逃すの、わかるわー」

と、そのまま「ほらこれ」と自分の消しゴムを見せつけてきた。

見ると、渡辺の消しゴムは綺麗《きれい》に〈ワタナベ〉の文字が彫られたハンコに変わっていた。

「って、お前これどうやったんだ!?」さすがに目を丸くする。「凄すぎだろ!」

「前に授業中に、彫刻刀で彫って作ったやつ……」

「どの授業がお前にこの完成度を許したんだよ」

「いやー、ゴマポンの授業中から暇つぶしで作ってたら、めっちゃハマっちゃって。——あ、そうだ、いっそ今度はここにいるみんなのぶんも作るか!」

と、渡辺は無邪気に言う。

山田がすぐに「いいなそれ! 貰《もら》うわ!」とか、鈴木が「作るなら手元、気を付けてね」とか、気のきいたことを言うなかで、何かちょっと黙ってしまう。周りがわいわいするなかで、俺と東だけ少し会話に入り損ねて黙っていた。

東はただ見守っているだけで、俺はたぶん、渡辺の作る〈平〉と彫られた消しゴムがちょっと欲しかったのだ。だからそれ以上、突っ込みを入れることができなかった。

——こいつらはきっと、〈クラスのみんな〉から俺を弾《はじ》かないんだよな。

そう思って頰《ほお》が緩まないようにした。

「あ、そうだ！　次移動だからもう準備しないと！」

鈴木の言葉に気づかされて、すぐに、みんなバラバラに散っていく。

時間割では、次は芸術系の授業の移動教室だった。渡り廊下を挟んで別の校舎にある教室まで移動しないといけない。だから「じゃあねー」とクラスの親しい人間が固まっていた俺の席が、また俺ひとりになる。

——でもまあ、誕生日がどうって歳《とし》でもないのか。

誰にも祝われることがなくても、べつにいいのかもしれない。

いまの自分は、そんな確認作業をし合わなくてもいい。もちろん覚えてもらっていたら少し嬉しいだろうけど、覚えてもらえてなくてもそれはそれで、以前とは絶対に違う日々を送っている。

たぶん俺が必要だと思っていたのは、そのことだった。

美術の教科書と筆箱を手に取って、それから少しだけ、教室を見回した。

B面：「東、なんか考え事？」

『2年7組教室：十四時四十二分（休み時間）　雨』


「じゃあねー、アズー」

と、鈴木、渡辺、佐藤が私に手を振った。

「んー。達者でなー」私は筆箱だけ抱えて、そう返す。

たぶん選択の美術の授業に教科書は持っていく必要がない。開いてみても見開きで絵画や彫刻の写真が載っているだけだ。だから余計なものは持たない。

ぞろぞろとみんながグループを作って、別々の教室に向かっていく。

この時間の芸術系の選択科目は、他の誰かと一緒が良いとかそんなことは全然考えずに、ただなんとなくで選んだ。

強いて言えば、音楽は誰かの前で歌わないといけないし、書道は服が汚れそう。座って絵を描くだけの美術が一番楽そうだった。そうやって誰ともすり合わさずに選択した結果、クラスでよく一緒にいるメンバーのほとんどとはこの時間は一緒にならない。

同じ美術選択をしているのは、一人だけだ。

「じゃあ行こ、平」

なんとなく手持ち無沙汰だった平に、私はそう声をかける。

「え？　ああ……」

平の返事が聞こえた。モタモタと準備をしているから、二人で一緒に行くべきか悩んでいるような空気を、うっすらと察していた。少し前なら平も勝手にひとりで行っていたけど、最近は一緒に行くべきか、それとも各々で行くべきか、微妙に悩んでいる気配も感じる。だからとりあえずまずは私のほうで誘っておく。

そんなこと気にしなくてもいいだろうに……、というのはあくまで私の感想で、平からすればどうしても気になってしまうのだろう。

——もっと自信を持て。

そう思う瞬間がある。


二人だけで廊下を歩く。

窓の外を見て「雨全然やまないねー」とか声をかけても、「んー、ほんとだな」と小さく言われるだけで、平との会話はそこからまるで話が広がらない。広げる気もないのかもしれないし、興味がないのかもしれない。

そういう相手といるのが退屈なときもあるけど、平相手だと楽に感じることが多い。私もべつに平に対して何かを広げたいわけでも、畳みたいわけでもないからだ。どこにも向かわない話を投げても問題がない感じがする。それにしても今日はもやもやしているように感じる。

「どしたの。まだ消しゴムに思い馳《は》せてんの」

「いや別にそんなんじゃねーけど、いやそうなのかもしれない……それだけじゃないっつーか……今日全体というか……遡るともっと過去の話というか……」

平は何やらぶつぶつと言っているが、どんどん声が小さくなるのであまり聞き取れない。

そこからまた少し沈黙ができて、そのまま美術室が近づいてきた。

本当に、平は毎日、何かあるごとに余計なことを考えすぎなんだろう。ずっとそれを言いあぐねてタイミングを計り切れずに気まずくなっている感じが本末転倒というか。鈴木たちは平のこういった一面を知らないかも。平の性格は知っていても、もしかしたらここまで沈むことまでは知らないかもしれない。

私はどうなのかと言うと、少なからずじれったさは覚えるけど、そこまで不愉快な感情じゃない。

でも、よくわからないけど、こいつの持つこの奇妙な個性を待っているときがある。

「まあ、なんか……そのうち良いことある……かもしれないし」

「自信なさそうじゃねーか」

すると、さっきまでの気まずさが嘘《うそ》のように、いつものように流暢《りゅうちょう》に話せる流れになった。

こうなるまでのゆったりとした遠回りに、どうして私は気楽さを感じるときがあるのだろう。

美術室は目の前だった。廊下に面した壁に、上品な額縁と絵画が飾ってある。芸術系の教室には独特の空気が漂っている。今日の時間割のラスボス、という感じがした。

「さっ、あと一時間で今日終わりだから、がんばろ」

そう言って軽快に踏み出すと、「おう」と返ってくる。

でも、足がふと止まる。

あと一時間で今日は終わり。自分で放った言葉がリフレインする。

──何か凄く大事なことを忘れているような。

けれど何十人の、知らない生徒も多い美術室に入ると、余計に自分が何に引っかかったのかわからなくなっていった。

『美術室：十四時五十分（六限目）　雨』


雨音も少しずつ小さくなって、霧雨のような雨が黒いカーテンの外で降っていた。

美術室のなかは絵具なのか石膏《せっこう》なのか、独特の臭いが漂っていて、入った瞬間からずっと、ちょっとした異空間に紛れ込んだような気分になる。

絵の具や鉛筆のラクガキでボロボロの机に肘をつき、私は石膏像のデッサンに挑む。

今日は美術室にあるものを使って自由にデッサンをする授業だ。

六限目の教室の空気は、私を含めてわかりやすいほどの疲労感だ。五限目は全員が静かになるような形でそれが出ていたけど、六限美術はみんなおしゃべりをしながら手を動かす。

ふと平のほうに目をやると、普段よりも少し猫背になって、誰とも話すことなく画用紙に向き合っている。平も誰ともすり合わせずに授業を取ったみたいで、男子同士が話すなかで平は熱心にさえ見える態度で孤独にいる。

不意に平がこちらを見た。

「！」

目が合うと、平は焦ったようにすぐ、視線をそらす。

――まあ、美術の授業始まると、女子は女子、男子は男子だからなあ……。

基本的にこの時間は、なんとなく同性同士が固まっていた。

そんなことを考えていると、同じ階の音楽室からピアノの音が聞こえてきた。

そこから全員一斉に歌声が放たれるのが、微《かす》かに聞こえる。

――鈴木の声だけ、めっちゃ聞こえるー。

みんながあまり大きな声で歌おうとしないなか、鈴木はとにかく率先して、その空気を断とうと大声を出す。だから目立つのだろう。

「あずま～、昼休みの歌聴いた？」

鈴木たちの歌をバックにして、私のすぐ隣で、一組の川崎《かわさき》が囁《ささや》くようにそんなことを訊いてきた。

川崎は、細いつり目とプリン髪が特徴の女子だ。背も高く、気が強そうな見た目をしているので、少し取っつきづらいという人も多い。ただ、去年一緒のクラスだった縁で彼女とはよく話す身からすると、責任感が強く真面目《まじめ》という印象のほうが強かった。

私は「聴いたよー」と、すぐに答える。

「ああ、そっか。まあ全校放送だもんな～」

「あれ三年の先輩がやったんだよね」

「らしいね。バカップルってやつ！　ああいうノリ、うちの中学にもあったわ」

と川崎が苦い顔で言う。

「確かに〜」

と緩く受け答えながらも、中学時代の私の周りはどうだったのか振り返る。

私が靄《もや》のような記憶を思い出すより先に、川崎が話しはじめた。

「中学の時、友達の誕生日を祝うことになったんだけど、内輪で盛り上がってクラスみんなで祝うように話が進んじゃって……その時はテンション上がって気にしてなかったけど、今思えば内輪ノリに巻き込んじゃったなって……」

何かを思い出したように川崎が続ける。

「盛り上がってる側はその時気づかないけど、興味のない人とか、外側にいる人からしたら冷めた気持ちになるよな〜……」

「あー……。あるよね、内輪パワー。それわかる」

そう言われて、私もいま記憶をよみがえらせた。

——ああ、そっか。中学のときの私って。

たぶん、いつもそういう風に、自分勝手に祝われている側だったのだ。

思い出す。

昇降口で突然クラッカーを鳴らされて、それから「東ー、誕生日おめでとー」と祝うみんなの顔がぼんやり浮かぶ。通りがかった先生も軽く怒ったけど、それからは「しょうがないなあ」と優しい笑顔で黙認して、みんなは「すみませーん」とげらげら笑っていた。

誰もがそんな祝いの空気を楽しんでいた。

絶対に壊しちゃいけない楽しい空気がその場を取り巻いていた。

……でも、その中心にいたはずの私は、そのとき何をどう祝われていたのかも、いまになって思い出すことができない。

あのときの彼氏とか、あのときの友達とか、あのときの内輪とか、なんか全員がそこにいて、楽しそうに私を祝っていたのに、私の気持ちがそこにいなかった。

クラッカーから出たカラーの紙紐《かみひも》や紙吹雪《かみふぶき》が廊下に落ちていて、貰ったプレゼントよりも私はそっちが気になった。だけど誰も床を見ないまま、みんなが私を教室にぐいぐいと押していって、いつのまにか有耶無耶《うやむや》になった。

――でもあの床のゴミは誰かが、片づけたんだろうな。

たぶんあのとき、祝われている私でさえも床に落ちたゴミの話をしてはいけなかった。私自身の気持ちを、周りのその祝福のムードにうまくチューニングして、疑問を挟まずに喜ばないといけなかったんだと思う。

高校に入ってからはもう、そんな空気はあまりない。中学のときはなんとなく、幼馴染《おさななじみ》同士という間柄の人間もいたからそれぞれの誕生日を知ることもあったけど、高校になってからはそういった機会は減ったからだ。

それが寂しいようでいて、少しほっとしてもいる。

——誕生日、か。

鈴木やナベやサトの誕生日は知ってるけど、あと誰かの誕生日知ってたっけな、私。

いろいろ考えながら、自分の描いている絵を斜めから見る。

——この絵、なんか殺風景だし、そういうテーマにしちゃうか。

目の前の石膏像の周りに、私はクラッカーから出たゴミを描く。

「東、何これ？」川崎が訊く。

「うん？　ああ、なんとなく。殺風景だったし」

「……自由すぎない？　それ提出して大丈夫なん？」

「えー？　だってこういうの描いたほうがかわいいじゃん？」

『美術室：十五時四十分（清掃準備）　雨』

やがて時間通りにチャイムが鳴ると、一気に教室中の力が抜けた。

「っしゃあー……」と、全身の空気を放出するような歓喜の声が聞こえた。

みんなが背筋を伸ばしたり、逆に机に上半身を倒れ込ませたり、気の抜き方はさまざまだった。先生が「じゃあ今日はここまで。各自、後片付けをして忘れ物せずに帰ってください」と告げると、その瞬間に各々電池が戻ったようにピンと立ち上がる。

私は授業を終えてすぐに、平の席へと向かっていった。

「平ー、何描いた？」

そう訊いて見てみると、平は慌てて絵を隠す。

「下手《へた》だから見んなっ！」平は女子に反発する男子小学生のように焦る。

「えー。何それ。フリ？」

「特別上手《うま》くもないけど下手でもない、一番リアクションに困るやつなんだよ！」

「ふーん」

私もべつに絶対に見たいわけじゃない。ただ適当にからかう口実が欲しかっただけだ。

それにいま一瞬見えたけど、平は果物《くだもの》を並べて描いていた。それなりに上手いデッサンだったように思う。ただ描いた当人だけが気になるくらいの歪《いびつ》さはあるのかもしれない。

それ以上は何も触れなかった。

「……東は何描いたんだよ？」平はそう訊いてくる。

「あ、見る？」

私はなんとなく自分の席まで平を誘導して、デッサン中の絵を見せることにした。

すると平はすぐに眉を曲げた。「え？　なんだこれ？」

「かわいいでしょ」

「……いいのか？　これ。デッサンなのに描き足して」

「んー？　さっき先生が見回りに来たとき訊いたけど、オッケーっぽい」

芸術科目の先生はそういうとき自由を尊重してくれる。

しかし、平は「ああ、そうなんだ」と気のない返事で答えながら、何かじっと、石膏像の周りに散らばるゴミを見つめていた。

「どうかしたの？　平」

「え？　べつになんでも……」

明らかにそうじゃないから私は言う。

「何？　なんか変な絵だったなら言ってみ？」

「……いや。なんかわざわざこういうの足してんのに祝われてる感ないよな、この絵」

「え～？　そうかな？」

「なんか、わかんねーけど……。この像がかわいく祝われる感じを出したいなら、普通はこのクラッカーの中身が宙に舞ってる最中とか、像の上に引っかかってる絵とかになるんじゃねーの？　これだと、周りの床に散らかったゴミみたいな——あ」

失礼な一言を思わず言ってしまったような顔で、平は「悪い……」と固まった。でも私もそう言われてから見ると、そんな違和感を覚えた。

「確かにそう見える、か……？」私は思案する。「これ、もしかして失敗作？」

べつに評価は気にしてないから良いんだけど、いちおう訊く。

「いや、だからわかんねーって！　俺は芸術家じゃねーんだから！」

そんな話をしていると川崎がドアの近くで「東ー。一緒に帰ろー」と、私を呼んだ。

「——あ、ごめん。今日はこれと掃除だから」

私は平を指さしながら川崎に向けて言う。すると平は「これって言うな」と告げ、川崎は「ああそっか、じゃあまたあとで」と手を振った。

二人は会話を交わすような知り合いではないけど、お互いなんとなくぼんやりと、私という存在を通じて認識くらいはしてるはずだ。

「まあいっか。じゃあ、掃除行こ」私は気を取り直して平に言う。

「ああ。えっとどこだっけ、俺らの担当」

「見て来なかったの？　階段だよ」

「なんだ。じゃあ楽でいいな」

平はほっとしたようだった。

掃除の分担もローテーションする。そのなかでも階段は相当楽な部類で、少なくともトイレほどのハズレ感はない。今週最初の放課後としては肩の荷が軽い。

私たちは二人でまた掃除に向かう。


『階段踊り場：十五時四十五分（清掃）　雨』


「あちゃー」

階段の踊り場を見てすぐに、ここが三年の先輩がお祝いした場所だとわかった。

小さな紙吹雪の屑《くず》やクラッカーの紐が点々と落ちている。大きなものだけ片づけた形跡はあるものの、本腰《ほんごし》を入れて細かいゴミまで拾っていくのは他人に任せたらしい。

「もー、全然片づけてないじゃん。あの三年」

サトが腰に手を当てて呆れた様子でゴミを見下ろす。

平は「しょうがねえな……」と嘆息しつつ、すぐそこにある掃除ロッカーからT字型の箒《ほうき》を取り出して構えた。続いて、残り二人の男子が乾拭《からぶ》きするための雑巾を教室から持ってきた。班員五名が揃《そろ》った。

平は私のぶんの箒も取り出して、「ほい」と渡してくる。

私は不機嫌なみんなの前で、そっと言った。

「まあ、目立つゴミがあると逆にやりがいもあるよね」

「……ポジティブだね」と、サトが細い目でこちらを見る。

「ゴミが落ちてないと、逆にどうやって時間潰すか悩むじゃん」

「まあ、確かにそれあるけど……」

ゴミを捨てた犯人と動機に目星がついているせいで釈然としない顔をしている。しかし、気にしていてもしょうがない。それに納得してる。あの人たちはまあそうなんだろうな、というイメージが、最初からなんとなくあった。その印象がまったくその通りになっただけだ。

私とサトが、雑巾を持つ男子たちに先行して掃き掃除をはじめた。クラッカーのゴミを埃《ほこり》やチリと一緒に巻き込んで、何も考えずに階段の下に落としていく。

しかし、一階までその調子で下りていって、塵取《ちりと》りを用意すると、今度はまた面倒な問題が起きた。

「うわー、最悪！」

箒の先のブラシ部分に、細かい紙紐が引っかかって取れなくなったのだ。雨のせいか水滴を含んでさらに汚さを増して、毛の束に絡まってしまっている。足で踏んづけて取ろうとしても取れない。

私がいまさら苛立《いらだ》っていると、隣に大柄な影が寄った。

「あー、もう何やってんだ……」

と、そばから聞き馴染みのある声が聞こえて、その影が平のものだと気づく。

平は私たちからそっと箒を取りあげると、躊躇《ちゆうちよ》なく埃や髪の毛だらけのブラシを指で触って、「うわー、きたねー」などと言いながら紙紐のゴミを取っていった。

「……あ、平。サンキュー」

「ありがとう」

私とサトがそう応える声を聞いていないのか、取り出したゴミを返事もせずに平は近くのゴミ箱のなかに捨てた。

私も追うようにして、塵取りを持ってゴミ箱のところに行く。

するとゴミ箱の中身が、可燃ゴミからペットボトル、缶やらのゴミまで溜まっていて、はみ出るほどいっぱいになっていた。

「あー。いっぱいだねー。外まで捨てに行かないと」

「……だな。俺ちょっと行ってくるわ」

平が言う。ゴミが溜まったことに気づいた当番は、校庭にあるゴミ捨て場まで運ばないといけない。窓の外で雨音はかなり小さく、小雨に近づいていた。

「私も行こっか？　この量じゃ一人だとアレでしょ」

「じゃあ頼むわ」

私たちは、サトたちに「それじゃあゴミ捨ててくる」と言って、それからすぐにゴミ袋を持って外に出ることにした。


『昇降口：十五時五十分（清掃）雨』


下駄箱の前で、ペットボトルの入ったゴミ袋を置き、靴をトントンと履き替える。

平は可燃ゴミと缶のゴミを両手にそれぞれ持って準備を終えて、私を待っていた。私は空いている右手で傘を持ち、ぱらぱらと雨が降る外へと向かう。

平は傘も差さず、濡れたまま外に出て行った。

「入れば？」

私は、開いた傘を差しだして平に訊いてみる。

平は、「もう大した雨じゃないからいいわ。距離もないし」と真顔で言った。

「あー。男子って感じ」

「はぁ？」

「雨で髪とか濡れてもあんま気にしないよね、男子って」

「……そりゃあ濡れても今朝《けさ》ほどじゃないからな」

山田への怨念を宿した表情で平が言うと、私はくすっと笑ってしまう。平はそのまま両手にゴミ袋を持って、ずいずいと前を歩いていった。

ごう、と小さな音が鳴った。雷の音なのか、黒く巨大な雲が動いた音なのか。

「あ。あれ。鈴木だ」

前のほうに鈴木の姿が見えた。あいつのピンク色の髪はよく目立つ。見ると、鈴木が谷に猫柄の傘を開いて、二人で歩いている。

谷がこちらに気づいたみたいで、まるで元から傘に入っていなかったかのようにスッと離れる。

「あっ、タイラズマ！」

鈴木が私たちの姿を見つけて、声をかけてきた。

「どうしたのー、鈴木？」

「えっと、さっきゴミ捨てて帰って来たところ！　ちょうど入れ違いだね！」

頬をかき、視線をそらす鈴木をじっと見た。

「ふーん。傘ひとつで……♡」

私は笑みを作り、今度は雨粒を浴びる谷のほうを見る。

「ゴミで両手がふさがってたから……」

谷はリアルタイムで水滴だらけになっていく眼鏡の奥で目をそらし、誤魔化すようにそう言う。右肩がぐっしょり濡れているのを、私の目は見逃さない。傘が小さいから、たぶんあまりくっつかずに鈴木が濡れないように歩いていたのだろう。

「おいっ、東！　急ぐぞ！」

平が八つ当たりのような口調で急《せ》かす。私は「あ、じゃあまたねー」と谷と鈴木に手を振って、そんな平に速足でついていくことにした。

やがてゴミ捨て場で、雨合羽を着たゴマポンにゴミ袋を渡すとすぐに用件は終わった。

私は前を歩く平の頭が濡れないよう、一応手を伸ばして傘の内側に少しでも平が入るように気を遣って歩いた。鈴木と谷なら相合傘かもしれない。でも私たちは違う。

「さっきの谷と鈴木、めっちゃウケたー」私が言う。

「なんにも面白くねー……」

平はそう返す。僻《ひが》みもあるのだろうけど、あんまり他人の恋愛関係を茶化したくない、変な真面目さもあるのかもしれない。

私がくすくす笑う前で、平は苛立ったように力をこめて歩いていく。

雨のなか昇降口の方に向かっていく。

すると、突然、空が光った。それから一秒未満で、轟音《ごうおん》が鳴り響く。

さすがの私も突然の雷鳴に驚いて、「きゃっ……」と小さく悲鳴をあげる。

「うわ、雷……早く校舎入ろうぜ」

平は私のほうを見ながら、手招きして言う。「あ、うん」と答えて、走り出した。私は風と雨の向きを見て、傘で顔の前を隠すように走った。

しかしそんなとき、平が私の目の前で足を滑らせ、ずしゃっと崩れ落ちた。

そのまま水たまりに身体《からだ》を落として、平はびしょ濡れになる。

「なんなんだよ今日は!! も――――っ!!」

我慢の限界なのか、平がどうでもよくなって水たまりの上に座り込んで叫んだ。

「あはははははっ」

私は思わず笑った。平は昇降口までこっちをちらちら見ながら、先導するように走っていたのだ。

前を見ないで走っているんだから、転ぶのは当然だ。


『保健室：十六時五分（ＨＲ《ホームルーム》）雷雨』


体操服も制服も濡れてしまった平は、保健室に行って、予備の制服を貸し出してもらうことになった。私は一応つきそって、廊下の前で平を待つ。

時間的にはＨＲの時間だけど、多少遅れてもそれはまあしょうがない。

やがて、保健室から出てきたのは、体格に合わない、いつもよりつんつるてんの制服を着た平だった。

「……うわ。なんか今日散々だね、平」

私は隣で肩を落とす平に言う。なんだかもう、弄る気にもなれない。

「ああ。なんかわかんないけどな……。とにかく運のない一日だった……」

平は今日、普段よりも少し落ち込みが激しく見えた。だいぶ闇のオーラに満ちていて、言動には〈今日〉という一日への怨嗟《えんさ》みたいなものが含まれている気がした。

自信はないけど、それでちょっと鎌をかけてみることにした。

「今日、平の誕生日なのにね」

「……は？　知ってたの？」

食い気味にこちらを見る平。そう返されて、私は思わず平の目を見た。

「え？　マジでそうなの？　適当言っただけなのに」

「適当かよ」

しかし、そう返されると違和感があって、私は顎に手を当てる。まるっきり適当というわけでもないような気がする。

「いや……。でもなんか、確か前に英語の時間に質問し合ったときに聞いた気が……。後半の月の、真ん中か後ろらへんだったのは覚えてるんだけど……」

「だいぶ適当じゃねえか」

「忘れてたけど、私の深層心理的な部分が覚えてたのかも」

そう言うと、平は特に悪態を返すこともなく、黙った。すぐに訊いてみる。

「……もしかして、ほんとは誰かに祝われるの、期待してた？」

「んなわけねーだろ」

即答だ。まあ、平の場合はそうかと思う。

「そうだプレゼントあげよう」

私は平に何かあげようと思い立ち、お昼に財布のなかに入れたものを「はい」と差し出した。受け取った平は、不思議そうな顔をしていた。

「なんだこれ」

「イエティパンのシール。お昼ご飯のおまけについてきたやつ」

チョココロネにくるまれたイエティのイラストが描かれたシールだ。

平はそのシールを黙ってじっと見つめだす。

「え？　何その嫌そうな顔？」

「いや……。サンキュー」

「そんなもんいらねーよ」のツッコミ待ちだったが、そう答えられると、なぜか少しほっとする。雨は降り続いているけど、なんだか凄く晴れやかになった気がする。

そのとき、廊下にかけられた時計が目に入った。

「あ、今日、平、日直じゃん！　急がないと！」

「やべっ！」と平も慌てる。

二人で並んで教室へと走った。さっきと違い、平の表情は見えなかった。

――あんなシールでも、平けっこう喜んでたりして。

そんな風に思って、平のほうを向こうとしたが、私は自分の顔面に形作られた表情を感じて、すぐにやめた。

——なんて。んなわけないか。

終章

谷くん、下校する。

『2年7組教室：十六時二十分（放課後）　雷雨』

眼鏡《めがね》の曇りを拭いて、暗い外を見る。

相変わらずの雨だった。

雨はさっきほんの一時だけ止《や》みそうな空気を出してから、なぜか雷を引き連れて勢いを増した。そのせいで、放課後がやって来ても僕らは学校の外に出るタイミングがわからない。グラウンドの砂に雨粒が落ちていく力強い音や、時折鳴る雷の音は僕らの不安をかきたてる。

「雨、なかなか止まないね」鈴木《すずき》さんが言う。

「うん」

平《たいら》くんが退屈そうに言った。「この中に雨男とかいたりする？」

「僕の方見て言わないでよ……」

僕と鈴木さんの席の近くには、ほぼいつものメンバーが溜《た》まっていた。佐藤《さとう》さんと東《あずま》さんは困ったような目で外を見て、平くんは止まない雨にどんどんげんなりした表情になっていく。山田《やまだ》くんと渡辺《わたなべ》さんは不在だ。

じめじめとした空気と、放課後の疲れと低気圧から来る倦怠《けんたい》感からなのか、みんなさすがにそろそろ帰りたい気分を顔に出していた。

何気ない会話も自習時間で出し尽くしてしまって、時間を持て余していたそんなとき、渡辺さんが教室に戻ってきた。

「おーい、みんな！　トランプ持ってきた！」

どこかからトランプを確保してきたようだ。

その瞬間、鈴木さんの顔がぱあっと明るくなった。退屈と不安で折れそうになっていた心が救われたみたいだ。

「ねえねえ！　何やる⁉」鈴木さんが訊《き》く。

すると渡辺さんが元気に言った。「アメリカンページワンやろ！」

「なんでだよ」すかさず平くんが突っ込む。

「わかるゲームをやろうよ」と、佐藤さん。

「初心者相手に無双しようと思ったのに……」渡辺さんは残念そうだ。

「考え方セコすぎだろ」平くんがじっとりした目で言う。

「あ、私わかるよ」鈴木さんが突然、手を挙げる。「ウノみたいなやつ」

「知ってるんかい」と、渡辺さんは言う。

鈴木さんはなぜか妙なことに詳しいときがある。

それにしても、みんなの交わす会話は何かのクロストークを見ているみたいだ。僕は口を挟めず、観客のようにその光景を見つめる。

ただ。

――見ているだけでも、面白い。

やがてトランプで何をやるかだけでも激論が交わされる。大富豪や七並べという提案が出されては、それぞれローカルルールの話題を持ち出してボツになる。

結局、そうした議論に上手《うま》い落としどころが見つからないなかで、僕はそっと会話に首を突っ込み提案をした。

「もう、ババ抜きでいいんじゃない……？」

『廊下：十六時二十五分（放課後）　雨』

異論なく、ババ抜き大会をしようということになった。

ただ十六時三十分まで少しだけ休憩を挟んでからという方針になった。これは渡辺さんと鈴木さんが、「どうせなら調子を万全に整えてからババ抜きをしたい」などと謎《なぞ》に燃えているのが理由だ。

僕は廊下でぼんやりと山田くんを捜した。もしどこかにいるならゲームの前に声をかけておこうと思ったのだ。

廊下できょろきょろしていると、背中のほうからか細い声が聞こえた。

「あ、髪戻ってる……」

その声に咄嗟《とっさ》に振り返ると、そこには八組の西《にし》さんがいた。

僕のほうを見て唖然《あぜん》としている西さんと、思いがけず目が合った。

僕がなんとなくお辞儀をすると、彼女はそれに返事をするように、慌ててぺこりと頭を下げた。

それから西さんは取り繕うように言う。

「えっと、その、朝見たときは髪型変わってたのに、気づいたら戻っていたのがちょっと気になりまして……」

「あ、うん。さっき外にいて濡《ぬ》れて……」

……さっき掃除のゴミを捨てに外に出た瞬間、バケツをひっくり返したような雨が降った。

傘は差していたものの、一本の傘は鈴木さんと二人では狭く、結局かなりの雨を食らってしまった。髪はまだ少しベタつきを残しているものの、ほとんど普段と同じように重力に誠実に従っていた。西さんとは同じ図書委員だけど、いつも何となく沈黙が起きてあまり会話はない。それでも、声をかけてしまうくらい髪型の変化に違和感を持たれていたのだとしたら、やや照れくさい。

ひとつだけ、訊いてみた。

「……寝ぐせ、出てない？」

少し気にしていたのは、雨で髪型が戻ったときに寝ぐせも戻ったかということだった。洗い流されてればいいんだけど。

「えーっと……寝ぐせ……？」

さすがにきょとんとしてしまった西さんに、ちゃんと詳しい経緯を説明しようとしていると、突然、僕の左隣から元気な声が上ってきた。

「残念だけど、出てない！」

そちらに「!?」と素早く首を曲げると、桜色の頭部が見えた。

いつの間にか、ちょっと残念そうな鈴木さんがいた。

「びっくりした……」

「谷くんと西《ニッ》さんの絡み見るの、久しぶり～」

鈴木さんは、ぱぁっと明るく元気に人と接するときの状態に戻る。

西さんから見ても鈴木さんの出現は軽いハプニングだったようで、あわあわとした表情をしている。

「あ。そうだ。西さん、今日は英語の教科書ありがとうございました」

と、鈴木さんは思い出したように、丁寧にぺこりと頭を下げる。

西さんは「いえいえ……」と咄嗟に返して縮こまっている。

そんな彼女に、ふと僕は訊く。「あ。そういえば、西さん」

「はい……？」

「山田くん見なかった？」

「ヒェ…？」

何気なく訊いたつもりだったけど、目の前にいる西さんは真下を向いて、「あ、その……」と何かソワソワしはじめた。ただ頰《ほお》が少し紅潮しているのが気になった。

状況が吞《の》み込めずに、それをなんとなく見ていると、八組の後ろのドアから顔を出した西さんの友達が「ねえ、ニッシー。待ってるよー」と呼びかけた。

西さんの友達はこちらにちょっと気づいて一瞬目を合わせながらもきょとんとした顔をして、そのまままたすぐに西さんのほうに目をやった。

「あ、ホンちゃん。ごめん！」

西さんは友達にそう言ってから、僕らのほうに向き直って丁寧に言う。

「……じゃあ、すみませっ。お疲れ様です！」

そう言って西さんがそそくさと小走りで八組の教室に帰っていった。

鈴木さんは、西さんを見つめながらにんまりと、ホラー映画に出てくるピエロのような笑顔を浮かべていたけど、僕はその顔は見なかったことにした。


『2年7組教室：十六時三十分（放課後）雨』


時間になり、教室に戻るとすぐにババ抜き大会が始まった。

僕と、鈴木さんと、平くんと、東さんと、渡辺さんと、佐藤さん。参加者はいまこの教室で雨宿りをしているうちの六人だ。

僕らだけではなく、あちこちでカードゲームやスマホゲームの気配がするなか、僕らはあえてスタンダードなババ抜きで遊んでいる。

「うわ……」

ゲームが始まってしばらくすると、東さんが苦虫を噛《か》み潰した表情で、そう漏らした。

理由は、ジャック・オー・ランタンの仮面を被《かぶ》ったイエティのカードが僕から東さんへ回ったからだ。僕はそのことについて何も言わない。

「東、いまババ引いただろ」と、平くんが言う。

東さんは真顔に戻った。「引いてないけど？」

「いや、さっき声出てたぞ……」

「そういう心理戦じゃん？」

東さんが取り繕うが、次の佐藤さんは集中した表情を見せる。

「今度は私がババを引かないように気を付けないと……」

「サトにもバレてるし」

東さんは完全に諦めて、自分がババを持っていることを白状しながら、手持ちのカードをシャッフルしはじめた。それから四枚のカードを扇みたいに開く。

そしてニヤニヤした表情で、佐藤さんを見る東さん。

やがてその手のカードのなかから、佐藤さんは集中してカードを一枚引いた。

「よしっ！」

と、次の瞬間に声をあげたのは東さんだった。無事、このターンで東さんから佐藤さんに回って、東さんはジョーカーの恐怖から逃れたらしい。

「私が顔に出さなくても、東のせいでバレるじゃん……」

佐藤さんが珍しく口を少し尖《とが》らせると、「あ、ごめんごめん」と東さんは笑った。

佐藤さんにジョーカーが回ると、今度は佐藤さんがカードを向けた。それからは駆け引きだったり、インスピレーションだったり、様々な攻防の末にジョーカーの所在は曖昧になっていく。

そしてまた一周して、僕の引く番が回ってくる。

スペードの2を引いた僕は、何も捨てることなく、また東さんにカードを向けた。

「うーん……どれがジョーカーだ？　そもそもジョーカー持ってるのかな？」

と、東さんは本格的に悩む。

平くんがこちらをじっと見る。

「わかんねえよな、谷の顔」

「ポーカーフェイスだよね」と、佐藤さんが言う。「私もそこそこ自信あったんだけど」

やがて心理戦を諦めて、東さんがカードを引いた。スペードの2がハートの2と重なって、みんなの真ん中に投げられた。

「やった！　サンキュー、谷！」

すると渡辺さんが「谷くん、破れたりー」と言うので、「……破れてないよ」と返す。

それからまた、ゲームが続いていく。鈴木さんや渡辺さんの「うわっ」「よしっ」といった声が聞こえてきて、そうした反応だけでまたジョーカーがどこにあるのか明るみになっていった。

ゲームが佳境に入る。

「よしっ！　あがりっ！」大喜びする渡辺さんがいた。「一番ーっ‼」

まるで裏が感じられない喜びよう。本気で一番を獲《と》ることを楽しみにゲームをやりきった顔だった。

「くっそー。まさかナベに負けるなんて！」

続けて東さん、佐藤さん、平くんが立て続けにカードのペアを揃《そろ》えてあがっていった。

結局残りが僕と鈴木さんだけになったころには、僕の手にジョーカーが戻ってきていた。

「おっ、因縁の彼氏彼女対決！」

東さんがそう囃《はや》し立てると、渡辺さんを中心にみんなが盛り上がりはじめた。

僕のカードが二枚、鈴木さんのカードが一枚――。

ジョーカーではないほうを引いたほうが勝ち、という一番緊張のある状況だ。参加する当人たち以外にとって楽しいのは、対決者同士に何らかの関係性が発生している場合だったのだろうと思う。

「頑張れ、谷。あえて片方のカードを上に出しておけ」と、平くんが言う。

「心理戦に持っていく感じね。ワクワクしてきた。鈴木の色仕掛けに負けるなよー」と東さんが乗っかる。

「谷くんなら勝てるよ」と、佐藤さん。

「フレーフレー、谷くん！」と、渡辺さんが言う。

「いや、なんで誰も私を応援しないの!?」彼女はそう突っ込んでいた。「闇落ちしそう……」

すると、みんなは「そういうノリかと……」とか、「むしろ逆に美味《おい》しいじゃん」と、フォローになってないフォローを鈴木さんに送る。

しかし、それで鈴木さんは却《かえ》って火が付いたような顔をしはじめた。

「仕方ない……谷くんとは戦いたくなかった……。でも私はもはや、かつての鈴木じゃない……。闇の波動に目覚めた私を、もはや誰も止めることはできない」

「そこまで闇落ちしなくていいよ」

それからもう一度、ジョーカーを押し付け合う真剣勝負が始まった。

「…………」

真剣に見定めるような表情の鈴木さんに少し気圧《けお》される。

カードを見つめる鈴木さんの目線を見下ろしていると、ふとその目が僕の顔を向いた。

「！」

眼鏡越しに鈴木さんの上目遣いが向いて来る。僕の表情を見て、何かに気づいた様子が感じ取れた。それから鈴木さんは口に出した。

「谷くんって、さっきポーカーフェイスって言われてたけど……」

カードの裏側を見ても何も情報が得られないと気づいて、この状況の一番の弱点を突こうとしたみたいだ。鈴木さんは、わざとらしくニマ～と歯を見せて笑った。

「けっこうわかりやすいよ、私からすると」

向けられたその一言を、呑み込む。一瞬、虚をつかれたように感じた。

ブラフだ、と念じる。

でも鈴木さんは一切、怯《ひる》むことなく僕の目をじっと見る。今日、僕の様子がおかしいことを少なからず察したことが嫌でも思い浮かんだ。そばにいる彼女は、僕のことを知っている。

焦る。

自然と、目線が手元のジョーカーのカードに向かう。

「こっちだ！」

――あ。

なるべく表情から察知されないように努めたものの、とうに手遅れでハートのエースが僕の手から離れた。鈴木さんの手にカードが渡っていく。引いたカードを確認すると同時に、彼女の目はぱぁっと光って、勢いよく二枚のカードを落として両手をバンザイの形に上げた。

「やったー！　あがったー！」

僕を応援していたはずのみんなも意外な結末に盛り上がった。

「ビリはまさかの谷か」と、平くん。

「彼女アイすごっ」と、東さん。

「罰ゲームだー！」と、渡辺さん。

「どうする？　罰ゲーム、何がいいかな」と、佐藤さん。

あまりにも一斉に盛り上がったので、その瞬間までみんなが僕らの勝負に息を呑んでいたことに気づく。調子に乗るみんなに、慌てて突っ込む。

「罰ゲームなんて決めてないよ……」

佐藤さんでさえも今日は便乗しはじめていたので、さすがにこれはまずいと思った。事前に一切告知のない罰ゲームに巻き込まれそうになっている。

しかしそこにちょうど、助け船みたいに山田くんが教室に入ってきた。

「お、みんなババ抜きやってんのか!?」

ぬっと僕らの囲っている机に顔を出すと、山田くんは佐藤さんが片づけようとしつつあった捨てカードを覗《のぞ》き込む。それを見て平くんが言った。

「いま終わったぞ」

「なんだー。そっかー」

笑顔で肩を落とす山田くんに、渡辺さんが「最後に谷くんと鈴木が戦って、鈴木が谷くんの心を読んで勝った」と経緯を説明すると「えー何それおもしれー」と声をあげる山田くん。

とりあえず山田くんのおかげで、罰ゲームの話は有耶無耶《うやむや》になった。

僕は悔しそうな山田くんに、言った。

「……ゲーム始めるとき、山田くん捜したんだけど見つからなくて」

「んー？　そんなの全然いいって。こっちも用事あったし」

その回答はあまりに陽気で、本当に気にしていなさそうだった。用事って何だろう。とにかく何かいいことがあったんだろうな。

そんなとき、突然、隣で誰かが息を大きく吸うような気配を感じた。

「あ――――っ！」

渡辺さんだ。彼女が隣で、思いがけず大きく叫んでいた。

「ねえねえ、みんな見て！」

でも僕はそんな渡辺さんのほうではなくて、その瞬間に感じた窓の外からの光へと目を向けていた。雲が空を動いていくにつれ、雨音が止んで、光のカーテンが僕の机の上を覆っていく。

今日一日、感じることのなかった光だった。

季節柄、温かいとまではいかないけれど。

「晴れた――!!」

みんなが、今日のどんな瞬間よりも大きく言った。


『昇降口：十六時四十五分（放課後）　晴れ』


みんなでぞろぞろと昇降口に向かっていった。

体操服やジャージに着替えた生徒たちが、みんなで一斉にグラウンドに出て行く。雨が止んだらすぐに部活動に移っているみたいだ。

僕ら帰宅部は校門へと行進するように歩く。

前後から来る人の邪魔にならないように二列になって、僕と山田くんが一番後ろを歩いていた。

山田くんはどこにも目を合わせず、頭の後ろで指を組んで空を見ている。

「山田くん。今日、良いことあった？」

僕は言った。

空に架かる虹を指さしてみんながはしゃいでいるなか、山田くんも機嫌が良さそうに見えるけど、それは虹だけが理由じゃないような気がした。

「え？　わかる？」

山田くんは僕にだけ伝わる声量でポツリと言った。

「そういえば、谷のおかげかもな」

「え？　そうなの？」

僕が少し驚いて訊くと、山田くんが数秒、目を泳がせて何かを考えはじめた。

「いや、考えてみるとあんまり、谷のおかげ……じゃないのか？」

結局どっちなんだろう……。

どっちだとしても実感が全然ない。はっきりと僕の行動が因果を作っているわけではなくて、何かいくつか挟んで、こじつけのように考えれば僕のおかげな部分もある、というくらいなのかもしれない。

真剣に悩む山田くんの様子に、僕は押し黙る。

「ま、いっか。どうでも。詳しくは言えねーけど、まあ良いことあったんだわ。ありがとな」

「あ、うん……」

お礼は言われたけどなんだか釈然としない状態のなかで、僕はふと、山田くんなら知ってそうな話を小声で切り出した。

「……そういえば山田くん、ワックスってどこに売ってる？」

「え？」山田くんは即座に考えた。「普通に薬局とかスーパーでも売ってるけど」

「そうなんだ」

「……うーん。でも触ってみた感じ、谷の髪質って柔らかかったから、強めのワックスが必要かもなあ。結局、今日も崩れちゃったし」

僕のほうを見ながら残念そうに言う山田くん。

それからまた山田くんは少しだけ考えて、駅前にある生活雑貨のお店を推薦してくれた。そこなら品揃えが良く、値段も安いらしい。

僕は「ありがとう」と、山田くんのほうを見た。

山田くんはもう、鼻歌交じりで今日あった何かの喜びの余韻に浸る山田くんへと戻っていた。


やがて校門の前に辿《たど》り着くと、そこが分かれ道になる。

平くんと東さんは駅のほうに向かう。あとのみんなが逆側を歩く。

ただ、今日は僕と鈴木さんも駅のほうへ向かうメンバーについていくことになった。雑貨店に行くためだ。

「じゃあ、今日は私たちだけこっちかー」と、渡辺さんが言う。

「また明日ね」佐藤さんが小さく手を振る。

鈴木さんが、そんな二人と山田くんに手を振った。

「それじゃあ、また明日ねー」

僕と鈴木さんと、平くんと東さんの四人で、それから駅に向かった。


『駅の付近：十七時二分　晴れ』

平くんと歩いていると、鈴木さんと一緒に前を歩いていた東さんが不意にくるりと身を翻してこちらを向き、渡辺さんと盛り上がっていた話題をお裾分けしてきた。

「ねえ、さっき平が裏の水たまりでコケてさー」

「わざわざ広めんな！」

と、間髪容《かんはつい》れずに平くんが阻止する。

「えー？」顎の下に人差し指をつけて、東さんは考える。「みんな平の服が何度も変わってること気になってるかなって……」

「気になってねーよ！」

そう言う平くんを無視して、東さんは平くんの身に起きた今日一日のいろいろなことを、愉快な笑い話として断片的に語った。

鈴木さんはその話を聞いて、嬉しそうな笑顔を浮かべる。

「平もけっこう持ってるよねー。仲間仲間！」

平くんはその言葉に肩を落とす。「嫌な仲間だな……」

「不憫《ふびん》キャラが一人しかいないよりいいじゃん」

「誰が不憫キャラだ」

ただ、僕はそれを聞いて、一日に二度も三度も服を濡らしたり汚れたりする平くんが、さすがに少し可哀想になった。

「今日は災難だね、平くん」

僕はすかさず平くんにそう言った。しかし、平くんが少しだけその言葉を呑み込んでから、真正面を見て告げた返答は意外なものだった。

「……いや、そうでもねーよ」

「？」

いまの平くんと目線の先を少し合わせてみるものの、鈴木さんと腹を抱えて盛り上がる東さんのリュックサックくらいしか見えなかった。

隣を見ると平くんと目が合った。

「なんだよ、笑うなよ」

「……笑ってないよ」

笑ってたのは、平くんのほうだ。

でもそれを突っ込むと怒りそうだから何も言わずに黙った。


『駅：十七時五分　晴れ』

それからすぐ、駅の前まで到着した。山田くんが言っていた雑貨店のあるビルは駅の近くなので、電車組の東さんと平くんを改札まで見送ることにした。

「わざわざ見送りとかいいのに」と平くん。

なんとなく見送りもなく別れるのは居心地が悪いような気がしただけだけど、鈴木さんのほうはうきうきと楽しそうにしていた。

「ほら、わがまま言ってないで行くよー、平」

引率の先生のような口調で、改札のほうに向かっていく東さん。平くんは周りの人通りを見てすぐにそちらに向かうことを選ぶ。

僕らがついていっても、平くんはそれ以上もう何も言わなかった。

やがて平くんはポケットからパスケースを取り出す。僕はそれを見て、違和感というか、

「？」と何かに引っかかった。

真っ黒なパスケースの透明な部分に、チョココロネに包まれたイエティが挟んであるのが見えた。山田くんならまだしも、平くんだと意外なような気がした。

「……ねえ。平くん、それ……」

「なんだよ」

口調は落ち着いているが、平くんは即座にシールが見えないようにパスケースをひっくり返す。

東さんと平くんが、揃って改札の向こうに行ってしまった。鈴木さんは二人に「ばいばーい」と手を振る。

「じゃあ、鈴木も谷も、また明日」

「んー！」

鈴木さんも大きく手を振って、二人を見送った。

「うん。二人も気を付けて。また明日」

すると、こちらを向いた平くんの「おう」という仄《ほの》かな喜びを含んだ返事が聞こえた。

向こうで東さんが平くんの顔を覗き込み、平くんはそれをじっと見た。

——仲良いんだな、あの二人。

なんとなく今日も、そう思った。


『土手：十七時四十分　晴れ』


買い物を終え、僕らは川の土手の上を通り、それぞれの帰り道に向かう。僕の手元で、ワックスの入った小さなビニール袋が振り子のように揺れていた。

「なんか、すっかり遅くなっちゃったね」

「うん。僕も色々見られて楽しかったから……」

ワックスは山田くんのおすすめをすぐに見つけて買った。その後は全然関係ないものや鈴木さんの買いたいものをしばらく見て回った。

「また結局私の買い物になっちゃったね。ごめんね」

「いや、もともと僕の買い物に付き合ってもらってたわけだし……」

外はすっかり暗くなっていた。

星も点々と見えはじめていて、雨上がりの土の匂いが鼻の奥を通る。

僕はそっと鈴木さんの手を繋《つな》ぎ、互いに距離を詰めて歩いた。

後日談

谷くん、登校する。

『谷の家：翌日・七時二十分　晴れ』


朝――。家の洗面台の前で、僕は悩んでいた。

「どうだろう、これ意味あるのかな……」

さらさらとした髪《かみ》の毛に、水を含ませてちゃんと動画で見たとおりにワックスをつけても、昨日《きのう》のようにはならなかった。むしろ普段と何も変わっていない気がする。

――山田《やまだ》くんと平《たいら》くん、どうやったんだろう……。

素直に二人に憧れていると、足元から「ナァ～ン」と甘い声がした。

鳴いたのは、うちの飼い猫のてんぷらだ。立っている僕の足にすりすりして、抱っこしてほしがっているみたいだった。でもべたべたした手で触れるのも何だから、仕方がなくすぐに手を洗ってタオルで拭く。ワックスを置いててんぷらを抱っこする。

――今日は、しょうがないか。

そう思って、僕はその髪型で歩き出す。

また新しい一日が始まった。

この後、髪型の変化を誰かに気づかれることはなかった。

……ただ、その翌日、鈴木さんに「髪いじるのやめたんだ」と言われて恥ずかしくて死にそうになるのは、また別のお話。

正反対な君と僕

SEIHANTAINA KIMITOBOKU

サニー＆レイニー

原作

阿賀沢紅茶

漫画家。
少年ジャンプ+にて『正反対な君と僕』連載中。
同作品はマンガ大賞2023第3位をはじめ
各賞にノミネートされる大人気作品となる。
他の作品に『氷の城壁』など。

小説

西馬舜人

小説家。
『ヴァーチャル霊能者K』にて
第6回ジャンプホラー小説大賞金賞受賞。
同作でデビュー。

SEIHANTAINA
KIMITOBOKU
SUNNY & RAINY

JUMP j BOOKS

正反対な君と僕

SEIHANTAINA KIMITOBOKU

サニー&レイニー

発行日 2023年11月7日 第1刷発行
2024年4月24日 第3刷発行

原作 阿賀沢紅茶

小説 西馬舜人

装丁 並木久美子

編集協力 株式会社ナート

担当編集 福嶋唯大

編集人 千葉佳余

発行者 瓶子吉久

発行所 株式会社 集英社
〒101-8050 東京都千代田区一ツ橋2丁目5番10号
【編集部】03(3230)6297
【読者係】03(3230)6080
【販売部】03(3230)6393(書店専用)

印刷所 共同印刷株式会社

Printed in Japan

ISBN978-4-08-703539-1 C0293

【初出】
正反対な君と僕 サニー&レイニー 書き下ろし

検印廃止